KB116614

지구에서 스테이

지구에서 스테이

지은이 김혜순 외
옮긴이 김태성, 요시카와 나기
펴낸이 임상진
펴낸곳 (주)넥서스

초판1쇄 발행 2020년 11월 30일
초판2쇄 발행 2020년 12월 4일

출판신고 1992년 4월 3일 제311-2002-2호
10880 경기도 파주시 지목로 5
Tel (02)330-5500 Fax (02)330-5555

ISBN 979-11-91209-27-3 03810

저자와 출판사의 허락 없이 내용의 일부를
인용하거나 발췌하는 것을 금합니다.

가격은 뒤표지에 있습니다.
잘못 만들어진 책은 구입처에서 바꾸어드립니다.

이 도서의 국립중앙도서관 출판예정도서목록(CIP)은 서지정보유통지원시스템
홈페이지(http://seoji.nl.go.kr)와 국가자료공동목록시스템(http://
www.nl.go.kr/kolisnet)에서 이용하실 수 있습니다. (CIP제어번호 :
CIP2020047091)

www.nexusbook.com

지구에서
스테이

김혜순 외 지음
김태성, 요시카와 나기 옮김

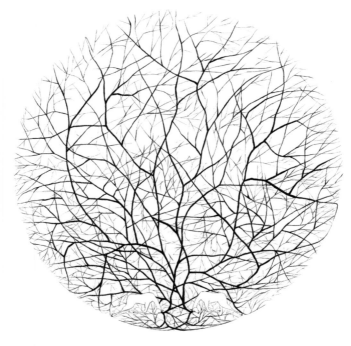

세계 18개국 56명 대표 시인의
코로나 프로젝트 시집

&

생존신고서가 된 시

어느 날 꿈을 꾸었다.

거기서 나는 책 쓰는 사람이었다. '쳇, 꿈에서도 책이라니.' 꿈꾸던 나는 꿈속의 나를 비웃었다. 꿈에서도 꿋꿋이 교정을 보고 마무리했다. 무슨 내용인지는 기억나질 않는다. 다만, 표지에 적힌 제목은 이랬다.

『괜히 사람으로 태어나서』

아침에 일어나서 울었다. 꿈 이야기를 했더니 엄마는 더 울었다. 네가 아파서 그런 거라고도 했다. 우는 엄마를 보면서 결심했다. 다시는 꿈 이야기도, 아픈 이야기도 하지 말아야지. 차마 못한 말은 속으로 삼켜야 했다. 사실, 하고 싶던 속엣말은 이런 거였다. "엄마, 아픈 건 내가 아니라 우리야. 우리가 다 아파. 함께 가라앉고 있잖아."

꿈꾸는 건 무섭지만, 꿈마저 못 꾸는 건 더 무섭다.

나는 아프지만 건강을 꿈꾼다. 나는 매일 실망하지만 매일 희망을 꿈꾼다. 나는 오늘이 싫지만 내일을 바란다. "엄마, 아세요? 그래서 나는 시를 읽는 거예요." 이렇게 말했어야 했는데 뒤늦게 후회한다. 후회의 값으로 이 시집을 선물한대도, 우리 엄마는 계속 걱정만 할 것이다.

코로나 프로젝트 시집 『지구에서 스테이』에는 나와 같은 사람들의 이야기가 적혀있다. 무서운 꿈을 꾸고 나서 아침에 울었다는 이야기. 꿈마저 못 꾸는 건, 더 무섭다는 이야기. 그리고 걱정 말고 다른 이야기를 듣고 싶다는 소망까지. 이제 악몽은 너무 커져서 서로의 꿈 이야기를 나누지 않고는 숨쉬기 어려운 시대가 되었다.

당신 역시 가끔 악몽을 꾼다. 때로는 현실이 악몽인지, 악몽이 현실인지 헷갈리면서 꾼다. 우리의 꿈은 다르지만 다르지 않다. 나는 이 사실을 믿고 다른 사람의 다른 꿈 이야기로 마음을 식힌다.

그러니까, 식은땀에 절어 화들짝 일어난다면 "네 말의 가장자리에서/ 샘이 솟는다"(「나는 샘이 될 거야」 중에서)는 구절에 살포시 기대겠다. "이전에는 줄곧/ 서로를 껴안는 것이 안전이라고 생각했다"(「밤의 노래」 중에서)를 읽으며 당신의 손등에 얼굴을 부비겠다. 그래도 떨림이 가시지 않는다면 "역병 따위 무섭지도 않고/ 맨발로 걷고/ 나는 어디에 가든/ 당신 안에 있다"(「사랑 노래」 중에서)는 말을 등불처럼 켜 들겠다.

한 역사학자는 말했다. 우리 인류는 대형 포유류들을 멸종시키며 여기까지 왔다고. 이제 너, 인류라는 포유류가 사라질 차례일지 모른다고.

멸종과 폐허가 다가온다는 사실을 누구나 경고하고 누구나 경계한다. 그 경고와 경계가 구체화된 게 코로나19라고 다들 수군거린다. 수군거림이 아파서 우리는 모였다. 혼자서는 너무 춥고 깜깜하니까. 나 여기에서 이렇게 꿈꾸고 너 거기에서 그렇게 꿈꾸었다. 생존신고서를 쓰듯 시를 모았다. 혼돈의 시기에 적은 힘으로 싸우는 전술을 게릴라라고 부른다. 꿈꾸기 영역에 게릴라가 있다면 그들은 바로 여기 모인 시인들일 것이다.

어둠의 시기엔 어둠의 언어가 되어 만나자.

시를 쓰고 읽는 눈빛도 빛의 하나여서, 이 어둠 속에서 반짝반짝 점멸한다.

나민애 문학평론가

시는 슬픔의 바다에
기쁨의 물방울을 떨어뜨린다

  지금으로부터 약 천 년 전, 기노 쓰라유키紀貫之는 "이 세상에 사는 사람들은 여러 가지 '일'과 '업'에 관여하고 있어, 마음에 떠오른 것을 눈에 보이는 것이나 귀에 들리는 것으로 빗대어 언어로 표현한다"고 했다. 코로나19의 유행이라는 '일'과 '업'을 앞에 두고 우리 입에서 쏟아져 나오는 말은 방대하고도 참으로 다양하다.

  위정자는 이 기회를 틈타 권력을 이용해 사람들에게 공포감과 불안감을 조성한다. '연대의식', '타인을 향한 배려'와 같은 단어를 남발하며 압력을 가하는 나라도 있다.

  시의 언어는 어두운 다의성으로 가득 차 있어 삶과 죽음을 섞고 슬픔의 바다에 기쁨의 물방울을 떨어뜨린다. 시의 언어가 "힘을 쓰지 않으면서도 천지의 신을 감동시키고 눈에 보이지 않는 귀신의 마음까지 가라앉히게"(기노 쓰라유키, 『고금화가집』 서문에서 인용) 할 수 있을지는 모르겠지만, 광기와 무지에 대한 항체는 될 것 같다. 부디 『지구에서 스테이』가 마음에 백신이 되었으면 좋겠다.

                              요쓰모토 야스히로四元康祐 시인

목
차

들어가는 말

004   생존신고서가 된 시 _나민애 문학평론가

007   시는 슬픔의 바다에 기쁨의 물방울을 떨어뜨린다
      _요쓰모토 야스히로 시인

우리도
구하고 싶습니다

1

한국

014   우주엄마 _김혜순

016   사리의 시간엔 _허영선

018   마왕거미가 펼쳐놓은 _장옥관

020   신생국, 별의 먼지 _엄원태

022   꽃병과 파도의 거리 _이원

024   거짓말처럼 _김소연

026   거리 좁히기 _윤일현

028   적의 위치 _이장욱

030   내가 무섭다 _손수여

032   모든 것들은 그날을 꿈꾸기에 우는 것이다 _김상윤

034   그것 _오은

036   노모 일기·2 _김욱진

038   여름밤 칵테일 _황유원

040   노래 _이삼례

이 도시가 죽은 사람을
바다로 버리기 시작한 것은
사월이었다

2

유럽·영미

044 COVID-19에 관한 규칙 _마이클 브레넌

048 차이가 있는 한, 지극히 높으신 하나님과 병든 인간 _필립 메이즈만

050 나는 샘이 될 거야 _오렐리아 라사크

052 무슨 일이 있어도 재의 바다에 노를 놓쳐서는 안 된다
    _곡체누르 체레베이오루

054 마스크 없이 _루이즈 뒤프레

055 뒤늦은 의회대표 질문 _리커 마르스만

060 무제無題 _스타니슬라프 르보브스키

062 새집에 덮개를 씌우다 _마투라

064 아픔을 사멸하기 위한 블랙맘바의 독 _얀 라우베레인스

066 어느 일기의 한 토막 _호셉 로드리게스

070 새로운 음악 _피오나 샘슨

072 이 모든 것이 _아나 리스토비치

074 히포콘더 _에드거 바서

079 우리는 돌아가는 장소에 속하는가?
    아니면 죽는 장소에 속하는가? _니콜라 마지로브

083 호흡 연습 _다니엘라 바르바라

088   2020년 3월과 6월, 도쿄에 새로 생긴 전철역을
      7월에 처음 찾았다 _가니에 나하

090   구멍 _야가미 기리코

092   기물진사가寄物陳思歌 세 수首 _사토 유미오

094   내 집 _사이하테 타히

097   네가 이 시를 쓰고 있다 _가쿠 와카코

100   마스크맨 _미야케 유스케

104   비행기구름 _강한나

106   사랑 노래 _야마자키 가요코

108   봉쇄 _모리야마 메구미

110   코로나의 달을 둘러싼 단카 열 수 _요쓰모토 야스히로

112   지구에 스테이하는 우리들은 _이토 세이코

114   가미神를 죽이는 이야기 _교 노부코

117   귀곡鬼哭 _요시카와 나기

119   필요한 가게 _오사키 사야카

122   하늘 _호소다 덴조

적어도 우리는 아직 살아있다고

4

중국, 홍콩, 타이완

126   2020, 보이지 않는 것 _천이즈

130   2020년의 아픔을 만지다 _샤오샤오

132   꿀 _류와이통

134   도시의 코로나 바이러스 _록 훙

138   먼 끝 _천위훙

142   밤의 노래 _추안민

144   비 오는 날의 우울 _크리스 송

146   사람이 불에 탔다 _위요우요우

148   생장의 힘 _치우화둥

150   항역抗疫시대 _쨍졩형

151   예술은 잘 모르겠는데 / 열 가지 질문 _타미 라이밍 호

155   진혼가에서의 발췌 _재키 유엔

역자 후기

158   바이러스의 재난 앞에서 너무나 무력한 문학 _김태성 번역가

160   지구에서 스테이! _요시카와 나기 번역가

1

우리도
구하고
싶습니다

_한국

우주엄마

우주는 무한하나 그 속엔 낙이 없구나(누군가의 명언)
이 알 속에는 나만 있구나(어느 달걀노른자의 명언)

엄마는 물 마시고 싶고
우주엄마는 물 만져보고 싶고

엄마는 창밖의 푸른 하늘로 다이빙하고 싶고
우주엄마는 검은 채널 돌려 우리엄마 시청하고 싶고

엄마는 마지막 예금으로 아프리카에 우물을 파고 싶고
우주엄마는 검은 우물 속에서 벗어나고 싶고

엄마는 병원에서 집에 가는 게 소원
우주엄마는 엄마를 우주로 데려가는 게 소원

엄마는 아무것도 없는 허공을 향해 손을 허우적거리고
우주엄마는 점점 다가오고

우주엄마가 다가올수록 엄마는 더 아프고
엄마는 이제 그만 아프지 않은 곳으로 가고 싶고

머나먼 우주, 바다의 모래처럼 많은 별 중에 어디서
내가 너를 다시 볼 수 있을까

우리엄마는 나한테 그런 전화나 하고
우주엄마는 엄마의 몸을 깨트려 별들이 무한하게

엄마의 알을 깨고 거기 엄마 대신 환한 노른자처럼 눕고 싶은
머나먼 우주의 검은 엄마는 나에게 딸아 딸아 내 이쁜 딸아
부르고

김혜순

1955년 경북 울진에서 태어났다. 1979년 계간 ≪문학과지성≫으로 등단했다. 시집 『또
다른 별에서』『아버지가 세운 허수아비』『어느 별의 지옥』『우리들의 陰畵』『나의 우파
니샤드, 서울』『불쌍한 사랑기계』『달력 공장 공장장님 보세요』『한 잔의 붉은 거울』
『당신의 첫』『슬픔치약 거울크림』『피어라 돼지』『죽음의 자서전』『날개환상통』, 시론
집 『여성이 글을 쓴다는 것은』『여성, 시하다』『여자짐승아시아하기』, 시산문집 『않아는
이렇게 말했다』, 김수영문학상, 현대시작품상, 소월시문학상, 올해의문학상, 미당문학상,
대산문학상, 이형기문학상, 2019 Griffin Poetry Prize을 수상했다.

사리의 시간엔

사리엔 만나자
바다로 나가던 아버지는
말씀하셨다

사리는 바다의 시간
속이 가득 차오르는 달의 시간이다
아버지는 그날 사리엔 만나자 하셨다
바다를 떠난 너희들은 사리가
우리들의 시간임을 잊지 마라
물의 시간을 견뎌야 하던 어머니의 물노동을,
바다로 나가던 아버지는 조업을 쉬셨다

매달 그믐은 사리,
서른 날에 한 번인 바다의 시간이다
파도는 맨바닥의 힘을 끌어모아 뒤집는 시간
바람은 온 힘을 다해 파도를 긁어대는 시간
봉쇄된 도시의 감염을 잠재우듯
바다는 온 힘으로 온종일 바닥을 갈아엎었다

이 도시 저 도시로 각자 떠난 우리는
그날 사리엔 조금만 멈추자 했다

사소한 욕망도 사리고 사리엔
꼭 만나기로 다짐하였다
어찌할 수 없는 날엔 가족들의 얼굴을
하나하나 떠올리며 만나자 했다

우린 사리의 시간에 서로가 서로의
안부를 묻곤 한다
우리에게도 서른 날에 하루는
사리의 시간이 필요하지 않은가
바다의 시간인 그날엔
꼭 그러하기로 한다
분별없이 파도치는 우리의 마음도 조금은
사악삭 사리가 되기로 한다

허영선

1957년 제주에서 태어났다. 1980년 《심상》으로 등단했다. 시집 『추억처럼 나의 자유
는』 『뿌리의 노래』 『해녀들』, 산문집 『탐라에 매혹된 세계인의 제주 오디세이』, 문화 칼
럼집 『섬, 기억의 바람』, 역사서 『제주 4·3』 『제주 4·3을 묻는 너에게』, 4·3 구술집 『빌
레못굴, 그 끝없는 어둠 속에서』 『그늘 속의 4·3』(공저), 그림책 『바람을 품은 섬 제주도』
『워낭소리』 등이 있다.

마왕거미가 펼쳐놓은

이웃과 이웃을 하나로 이어줘요
기도하고 노래하고 춤추다가 하나가 돼요 슈퍼에서 엘리베이
터에서 눈짓만 나눠도
금세 사랑에 물들어요

이보다 더 촘촘한 거미줄은 없었어요 한 사람도 건너뛰거나
빠트리지 않고 가둬버려요
비로소 알게 되었어요
우리가 얼마나 가까운 사인지
그물에 갇혀보니 알겠어요

이 그물망 펼쳐놓은 마왕거미는
무척 외로웠던가 봐요 이리저리 흩어진 이웃을
하나로 묶어주니까요

지금,
온 도시가 기침 그물에 걸려들었어요

장옥관

1955년 경북 선산에서 태어났다. 1987년 계간 ≪세계의 문학≫에 「산행」 등을 발표하며 등단했다. 시집 『황금 연못』『바퀴소리를 듣는다』『하늘 우물』『달과 뱀과 짧은 이야기』『그 겨울 나는 북벽에서 살았다』, 동시집 『내 배꼽을 만져보았다』 등이 있다. 김달진 문학상, 일연문학상, 노작문학상 등을 수상했다.

신생국, 별의 먼지

요코하마항 근처 신생국이
독립을 선언했다.

총면적 5.4km,
인구 3,711명의 초미니 국가 탄생.

나라 이름은
다이아몬드 프린세스인데
줄여서 크루즈, 라고도 부른다.

별이 하나 생긴다는 건,
별 하나가 죽어간다는 것.
초신성 폭발처럼,
제 몸 내준다는 것.

진종일 차오르던 아내의 편두통이
저녁에서야,
서쪽 하늘 가득 번지며 붉게 폭발했다.
개밥바라기별이 기꺼이 함께했다.

우리는 원래 아무것도 아닌 것,

아무것도 아닌,
어느 죽은 별의 먼지인지도 모른다.

조금만 더 아팠으면 좋겠다.

엄원태

1955년 경북 대구에서 태어났다. 1990년 ≪문학과사회≫에 시 「나무는 왜 죽어서도 쓰러지지 않는가」를 발표하며 등단했다. 시집 『침엽수림에서』『소읍에 대한 보고』『물방울 무덤』『먼 우레처럼 다시 올 것이다』등이 있다. 대구시협상, 대산창작지원금, 김달진문학상, 발견문학상, 백석문학상 등을 수상했다.

꽃병과 파도의 거리

헤드폰이 한 사람의 머리를 감싸고 있었다
덜그럭거리는 지구의 소리를 한 사람의 두 귀가 알고 있을 것
이다
한 사람은 양쪽 주머니에 손을 넣고 걷고 있었다
손가락의 각도가 주머니의 뼈대를 바꾸고 있었다
한 사람은 흰 의자에 비스듬히 기대 있었다
한 손씩 팔걸이에 놓고 있었다
왼쪽 팔걸이 옆에 커다란 꽃병이 있었다
분홍 꽃이 피고 있었다
빨간 꽃이 피고 있었다 빨간 꽃 수술에는 미색이 있었다
하얀 꽃이 피고 있었다
뻗어 나간 허공에서 하얀 탑이 빛나고 있었다
파란 바다
파란 하늘이 출렁거렸다
꽃병과 파도 사이
구부린 철망으로 만든 울타리가 있었다
철망은 구부러짐 뿐인데 울타리는 사각형이었다
녹슨 흙이 차오르고 있었다
바위 틈에서 흘러나오는 물소리
바위에 그어지는 칼자국처럼 UFO가 지나갔다

이원

1968년 경기 화성에서 태어났다. 1992년 ≪세계의 문학≫으로 등단했다. 시집 『그들이 지구를 지배했을 때』 『야후!의 강물에 천 개의 달이 뜬다』 『세상에서 가장 가벼운 오토바이』 『불가능한 종이의 역사』 『사랑은 탄생하라』 『나는 나의 다정한 얼룩말』이 있다. 현대시학작품상, 현대시작품상, 시로여는세상작품상, 형평문학상, 시인동네문학상을 수상했다.

거짓말처럼

약국에 갔다
신분증을 내밀고 신원을 입력한 후에 약사는 내게
공적 마스크 3장을 건넸다
손세정제는 없나요
내가 묻자 약사는 대답했다
우리도 구하고 싶습니다
제주도에서 교사가 사망했다고
빌딩 위 전광판에서 뉴스 앵커는 전하고 있었다
마스크를 하고 수업을 하던 초등학교 교사였다
나는 산책이 늘었다
나는 요리가 늘었다
나에게 시간이 너무나도 늘었다
축제가 사라졌다
장례식이 사라졌다
옆자리가 사라졌다
재난영화의 예감은 빗나갔다
잿빛 잔해만 남은 도시가 아니라
거짓말처럼 푸른 창공과 새하얀 구름이 날마다 아침을 연다
나는 창문을 열었다
테라스에서 나팔꽃이 손이 뻗어 코스모스를 감고 있었다
황조롱이가 나타나 앞집 지붕 위에 앉아있었다

뭄바이에 나타난 홍학과 함께
레인섬에 나타난 바다거북이와 함께
산티아고에 나타난 퓨마와 함께
손을 내밀어 페이크 악수를 한 후에
늠름한 메타세쿼이아 숲으로 사라진 내 뒷모습을
누군가 카메라에 담았다

김소연

1967년 경북 경주에서 태어났다. 1993년 계간 ≪현대시사상≫에 시 「우리는 찬양한
다」 등을 발표하며 등단했다. 시집 『극에 달하다』 『빛들의 피곤이 밤을 끌어당긴다』 『눈
물이라는 뼈』 『수학자의 아침』 『i에게』와 산문집 『마음사전』 『시옷의 세계』 『한 글자 사
전』 『나를 뺀 세상의 전부』 『사랑에는 사랑이 없다』를 출간했다. 노작문학상, 현대문학
상, 육사시문학상, 현대시작품상을 수상했다.

거리 좁히기

췌장암으로 투병 중인 친구가
택배로 보낸 누룽지 상자 속에
연애편지처럼 곱게 접어 동봉한 쪽지

거리가 조용하다니
종일 집에 있겠네
비상식량으로 안부 전한다.
어디 나가지 마라
밥도 먹기 싫고 답답할 때
고요와 적막 반찬 삼아 꼭꼭 씹어 보게
2020년 3월 21일, 성재가

서울이 옆 마실처럼 가깝게 느껴졌다.

윤일현

1956년 경북 대구에서 태어났다. 계간 ≪사람의문학≫에 「흐르지 않는 강」을 발표하고 시집 『낙동강』을 출간하며 등단했다. 시집 『꽃처럼 나비처럼』『낙동강이고 세월이고 나입니다』 등이 있다. 저서로 『불혹의 아이들』『부모의 생각이 바뀌면 자녀의 미래가 달라진다』『시지프스를 위한 변명』『밥상과 책상 사이』 등이 있다.

적의 위치

일생 동안 적이 사라지지 않도록 노력했는데
쉽게 평화로워지지 않도록 노력했는데
나의 적은 어디에 있어요? 귀족들 양반들 부르주아들
제왕 국왕 독재자들
드디어 가부장 테러리스트 인종차별주의자까지
그런데 나의 적은 어디에?
철책 너머에? 잠의 너머에?
까마득한 수평선을 향해 총구를 겨눈 채로
외로운 아침은 다시 오네.
헤이, 나의 적은 공산주의나 제국주의인 줄 알았는데…… 외
계인이나 악몽인 줄 알았는데……
당신이었군요.
어째서 나의 적은 행복마트에 세기세탁소에 침울한 날씨에
거리에서 우연히 나를 만나 안녕,
하고 인사를
외부는 외부인데 내부와 구분되지 않는 곳에서
내부이면서 동시에 외부인 곳에서
도무지 보이지 않고 들리지 않고 비명을 지를 수도 없는 곳에서
격리된 곳에서
우리는 살아갔다.
적이 동지를 만들고 동지가 적을 만들어요. 적이 없으면 동지

가 없으므로

당신을 사랑해요.

오늘의 바다는 영원의 바다라서 하늘과 구분되지 않습니다.

그런데 저기 무언가가 꿈틀거리는군요.

넌 누구냐! 손들어!

당신의 마음을 이해하기 위하여 나는 열심히

고독해졌다.

당신이 끝내 평화로워지지 않도록 나는

사랑을 했다.

적으로서

당신의 끝나지 않는 사랑으로서

————————

1968년 서울에서 태어났다. 1994년 ≪현대문학≫을 통해 시를, 2005년 문학수첩작가상을 받으며 소설을 발표했다. 시집 『내 잠 속의 모래산』『정오의 희망곡』『생년월일』『영원이 아니라서 가능한』, 장편소설 『칼로의 유쾌한 악마들』『천국보다 낯선』, 소설집 『고백의 제왕』『기린이 아닌 모든 것』『에이프릴 마치의 사랑』, 평론집 『혁명과 모더니즘』『나의 우울한 모던보이』 등이 있다.

내가 무섭다

전쟁은 남북 허리를 자르고 부모 형제 갈라놓았다 그래도 반세
기가 지나 행존자幸存者는 만나는 사람도 있었다 천연두도 마
마도 어떤 암이라도 환자 얼굴이라도 본다 마지막 가는 길 배
웅도 하는데

거의 칠십 년 전 할배할매 어매아배에 자매가 살던 조용한 집
에 아들이 났다고 야단법석이었다 전쟁 중에 태어나고 먹기보
다 굶기가 일쑤였던 시절 피붙이 동생을 업고 벗 찾아 마실 다
니던 말 등에 똥오줌도 수없이 쌌다 말 등이었던 누나가 춘분
날 저 강을 건너갔다 요단강인지, 도솔천인지 알 수 없는 길 의
정부 어느 요양병원에서 먼 길 떠날 채비하고 있어도 한 줄기
에서 난 가지가 꺾어져도 남은 가지는 아닌 척, 둥지에서 꿈쩍
도 않는다 침묵 속에서 바라볼 뿐 뵈지도 않은 미세한 코로나
가 길을 막고 있다고 이유 같지 않은 그런 내가 잔코˙보다 뻔
뻔스럽고 더 무섭다

오호통재 오호애재 아아 아리고 슬프도다 다시 못 올 먼 길 떠
나시네요 부디 잘 가세요
누나, 어매아배 만나 편히 영면하소서

• 잔코. 곰보.

_____

손수여

1953년 경북 경주에서 태어났다. 2001년 ≪문학공간≫에 시『금오산』외 3편, ≪한국시학≫에『밤꽃』외 1편을 발표했고, 2019년 ≪월간문학≫에『매헌 윤봉길의 문학사적 위상 조명』을 발표하며 문학평론으로 등단했다. 제34회 PEN문학상(2018), 제9회 대구의작가상(2018), 제3회 최남선문학상(2016)을 수상했다. 시집『내 아내는 홍어다』『웃기돌 같은 그 여자』『반추』『마음이 머무는 숲 그 향기』『숨결, 그 자취를 찾아서』『설령 콩깍지 끼었어도 좋다』, 학술서『국어 어휘론 연구 방법』『우리말 연구』(공저) 등이 있다.

모든 것들은 그날을 꿈꾸기에 우는 것이다
—COVID-19의 나날들

창문이 있다 밖에서 보면 지구는 가슴마다 창을 달고 있다 그
래서 푸른 빛깔로 보이는 것이다.

가슴에 피어나는 분홍 꽃, 숨과 온기와 수분과 활력을 뿜고
있다 천국과 지옥 뒤섞여 있는 이곳, 견디려면 그런 꽃이 피
어야 한다 견디면서 창밖 하늘을 바라고 있다.

늘 울고 있다 달에서 보면 푸르게 보이는 건 그 때문이다 모
든 것들이 그날을 꿈꾸기에, 바위와 짐승, 꽃과 사람이 함께
울고 있다. 울어서 치유된 생명으로, 생명이기 위하여, 삶과
죽음 뒤엉켜 있는 지금을, 이겨내려 지구는 눈물의 방호복 입
고 정지된 시간 속을 어둠과 싸우고 있다.

이산가족 된 지 두 달째지만 초저녁 상현달 깜박이는 개밥바
라기 여전하구나
오늘은 창문 활짝 열고 밥을 먹는다 울면서 벽 너머를 꿈꾸기에.
찬찬히 그리고 담대히*

• 찬찬히 그리고 담대히, 2020년 4월 3일자 질병관리본부 공식 포스트(「코로나19, 오늘의 한마디」)에서.

김상윤

1964년 강원 영월에서 태어났다. 2002년 ≪문학세계≫로 등단했다. 시집 『그대 손은 따스하다』 『슈뢰딩거의 고양이』를 출간했다. 〈13시 동인〉으로 활동하고 있으며 현재 대구 대신대학교 신학대학원에 재학 중이다.

그것

이름이 들렸다
분명 내 이름인데,
내 이름은 흔하지 않은데,
선뜻 고개를 돌릴 수 없었다
마스크를 낀 사람들이 거기 있었다
입매가 사라지니 눈매가 매서워졌다
표정을 알 수 없어서
서로가 서로를 경계했다
귀를 더듬으니 마스크가 사라지고 없었다
코와 입을 가린 채,
사람들이 일제히 나를 쏘아보고 있었다
나는 벌거벗은 사람이 되어있었다
이름이 들렸다
어느새 흔해빠진 것이 된 내 이름이
마스크 사이를 비집고 사방에서 흘러나왔다
선뜻 고개를 들 수 없었다
거리를 걷다 옷깃이 스칠 때
불꽃이 일거나 냉기가 돌았다
사람들이 모일 때 퍼지는 것이 있었다
사람들이 퍼질 때 모이는 것이 있었다
아무도 그것의 이름을 말하지 않았다

흔한 이름을 가진 사람 둘이
이름 모를 장소에서 만났다
눈빛으로 인사하고
고개를 끄덕인 뒤 곧장 헤어졌다
하루치 안녕이었다

오은

1982년 전북 정읍에서 태어났다. 2002년 ≪현대시≫로 등단했다. 시집 『호텔 타셀의
돼지들』 『우리는 분위기를 사랑해』 『유에서 유』 『왼손은 마음이 아파』 『나는 이름이 있
었다』, 산문집 『너는 시방 위험한 로봇이다』 『너랑 나랑 노랑』 『다독임』이 있다. 박인환
문학상, 구상시문학상, 현대시작품상, 대산문학상을 수상했다.

노모 일기 · 2

비슬산 기슭 양동마을
코로나 돈다는 소문에 노인정조차 문 다 걸어 잠그고
골목엔 땟거리 구하러 나온 고양이들만 간간이 돌아다닐 뿐
봄은 와서 개나리 벚꽃 흐드러지게 피었는데
이맘때면 쑥 캐서 장에 갖다 파는 재미가 쏠쏠하셨던 어머니
여차저차 생병이 나셨는지 속앓이를 하신 건지
며칠 째 먹지도 싸지도 못했다는 전화를 받고
부랴, 응급실로 모시고 가
구순 넘은 노구의 몸속을 면경알처럼 싹 다 훔쳐봤다
밥통 똥통 다 틀어막혀 온통 의혹 덩어리로 울퉁불퉁
몇 달을 못 넘기실 것 같단다
암울한 그 소식 아랑곳 않고
의사 선생님은 곧장 링거 꽂고 한 3일 굶으면 다 낫는다는
묘약 처방을 내렸다
암, 그러면 그렇지
구십 평생 병원 밥 먹고 누워있어 본 적 없는데
내가 무신 코레라 빙이라도 들었나, 입마개 하고 여기 갇혀있게
이제 난 쑥이나 뜯으러 갈란다, 하시고는
화장실 들어가 온 바짓가랑이에다 똥오줌 술술 다 싸붙이고서
야, 속이 시원하다 그러시지 뭔가

김욱진

1958년 경북 문경에서 태어났다. 2003년 ≪시문학≫으로 등단했다. 시집 『비슬산사계』
『행복 채널』『참, 조용한 혁명』『수상한 시국』을 출간했다. 2018년 제 49회 한민족통일
문예제전 우수상, 2020년 아르코문학창작기금을 받았다.

여름밤 칵테일

아파트 공동현관에 이르러 비밀번호를 누르고 문을 열기 딱,
5초 전
가로등 색이 모두 달랐다
음식물 쓰레기통 옆은 노란색
조금 멀찍이 떨어진 여름나무 잎사귀 아래는 연두색
멀리 어둠 속에 내던져진 건 주황색……
한쪽으로는 흰색 등이 얼음처럼 일렬로 서있었고
꼭, 칵테일 같았다
여름밤이 내게 만들어준 칵테일 같았고
어쩌면 내가 만들어준 칵테일 같았다
오늘도 마스크를 끼고 보낸
숨이 턱 막히는 날의 귀가였지만
그 5초가 나를 살렸다고 생각하면
어머나,
아찔하고
짜릿했다
살면서 겨우
그런 게 좋았다

황유원

1982년 경남 울산에서 태어났다. 2013년 ≪문학동네≫로 등단했다. 시집 『세상의 모든 최대화』 『이 왕관이 나는 마음에 드네』, 옮긴 책으로 『소설의 기술』 『밤의 해변에서 혼자』 『모비 딕』 『밥 딜런: 시가 된 노래들 1961-2012』 『슬픔은 날개 달린 것』 등이 있다.

노래

노래를 부르는 동안 황반변성이 재발했다
2미터씩 거리를 두고 있는
석촌호수 벚꽃 아래서
팔을 벌려도 가 닿지 않는 너를 위해
나는 손을, 대신 노래를 한 곡 내민다

납작 엎드린 고양이가
새를 낚아채자
구름이 발톱의 속도보다 빠르게 흘러간다

입을 눈 밑에 매단 채 숨을 쉬는 나무들,
허공을 올려다보는 내 발꿈치를 내려다본다
나는 대출을 받으러 간격을 잊은 채
줄을 서있는 자영업자,

너는 나를 내려다보고 나는 너를 올려다보고
누룽지 알바하다 잘린 노래가
손등에 앉아
멜로디가 다 탈 때까지 송두리째 부른다

이삼례

전남 신안군 지도智島에서 태어났다. 2019년 ≪시인≫ 신인문학상에 「수신함을 지우며」
외 11편을 발표하며 등단했다. 시집 『손을 쥐었다 놓으면』이 있다.

WHITE DEER 절망의 끝에서 꿈꾸다 | 54X45.5(cm) | ACRYLIC ON CANVAS | 2012

2

이 도시가 죽은 사람을
바다로 버리기 시작한 것은
사월이었다

_유럽 · 영미

COVID-19에 관한 규칙

사랑하고,
친절하게 할 것.

자신이 무엇을 짐작하고 있는지 살펴볼 것.
그들이 무엇을 짐작하고 있는지 살펴볼 것.

숨 쉴 것.
긴급할 때는 유리를 깨도 돼.

댄스가 도움이 될지 확인할 것.
가능하면 미리.

축구에 대해서 질문할 것.
그들의 죽은 애완동물에 대해서. 그들의 이모에 대해서도.

맙소사.
너는 흥미가 없다고?

그들도 흥미가 없다.
그래도 물어봐.

그게 사람이야.
준비가 중요하다.

기다릴 것.

볼 것.

들을 것.

1970년대에 길을 건널 때 그랬던 것처럼.
그들이 무엇을 후회하고 있는지 묻지 말 것.
그들이 무엇을 후회하고 있는지 물어볼 것.

그들의 눈을 들여다보지 말 것.
그들의 눈을 들여다볼 것.

그들이 망할 것이다.
아니면 네가.

다 괜찮아.
그들이 그렇게 말한다.

아니면 네가.
바보들!

시작하기 전에
폭력은 필요 없다.

첫 줄 안 봤어?
폭력은 필요 없다.

아무래도 상관없지만.

기다릴 것.

볼 것.

너는 숨 쉬는 것을 잊었어.

누구에게나 순서가 온다.

그들에게 데이비드 보위를 좋아하느냐고 물어볼 것.
데이비드 보위는 누구나 좋아한다.

그는 죽었다.

괜찮을 거야.

마이클 브레넌Michael Brennan

1973년 시카고에서 태어났다. 시집 *Alibi*(2015), *The Earth Here*(2018), *Autoethnographic*(2012), 소설 *The Chemical Bloom*이 있다. 그의 작품은 일본어, 중국어, 베트남어, 스웨덴어, 프랑스어 등 8개국의 언어로 번역되었다.

차이가 있는 한,
지극히 높으신 하나님과
병든 인간

후각, 미각, 촉각의 상실이
쌓여가는 폐기물의
존재하지 않는 지도를 변화시킨다
영구동토의 우상파괴
식민지적 영속성
콩키스타도르*의 둥근 기둥
집념의 포장도로 위에 있는
빅브라더의 관음증
고무장갑의 장치들이
숲 속에서 새를 기다린다
희망이 증발되고
새장도
영화映畵도 없지만
스트리밍은 있다
동물적 지식은 없지만
꿀벌들이 돌아왔다
정신적 오르가즘은 없지만
엄지손가락들이 위를 향했다
깊이 파라
생각해라 혹은 트윗해라
추방해라

평행세계에

푸른 바다는 없는데

유통기한은 급속히 다가온다

경치는 보이지 않고

인적이 끊긴 거리가 있을 뿐

숨 쉬는 것조차 특권이 된다

봐라, 독재자가 일어나는 것을

원유를 더 많이 뿌려라

벌써 초토가 된 폐허에

이어지는 트윗, 이어지는 트윗,

오른쪽 Alt 키의 하나님 감사합니다, 트윗은 계속됩니다•

• 콩키스타도르Conquistador. 정복자라는 뜻으로 16세기에 중남미를 침입한 에스파냐인
  을 이르는 말.
• 마틴 루서 킹 목사의 연설 「I have a dream」의 마지막 부분인 "Free at last! Free at last!
  Thank God Almighty, we are free at last!"의 패러디. 시 원문은 "Tweets that last, tweets
  that last, thank God alt-righty, tweets that last."

필립 메이즈만 Philip Meersman

벨기에에서 태어났다. 시인이자 퍼포머Performer이다. 안트베르펜 왕립 예술아카데미에
서 시각시視覺詩와 퍼포먼스 스트라테지를 연구했다. 시사문제, 사회정치문제, 환경문제
등을 다루며 작품세계를 확장하고 있다. 세계 각지에서 활동하며 그의 작품은 15개국
이상의 언어로 번역되었다.

나는 샘이 될 거야

네 말의 가장자리에서
샘이 솟는다

그게 얼마나 떨렸는지 기억나?
네 입술 사이에서 솟아 나왔을 때

그럼 이번에는
내가 샘이 되는 순서

내 앞에서 입어줘
우리 어릴 적의
햇빛에 탄
네 살갗을

자,
나를 샅샅이 파헤쳐 봐
네 손발로

나는 검은 방에서 맞이한다

산꼭대기를 본 너를

눈이 삐걱거릴 때의 소리를 아는 너를

내 샘이 태어난 곳까지
거슬러 올라가서

우묵한 곳에 입술을 대봐

마시게 해줄게
신기루를

• 로맨스어. 로마제국이 멸망한 후 각지에서 라틴어가 분화하고 변천해 이뤄진 근대어
를 통틀어 이르는 말.

오렐리아 라사크 Aurélia Lassaque

1983년 프랑스에서 태어났다. 몽펠리에대학교에서 로맨스어*를 배우고 오크어권의 바
로크 연극 연구로 박사학위를 받았다. 프랑스어와 소멸 위기에 있는 오크어로 작품을
썼다. 2012년부터 Paroles Indigo Festival에서 문예 고문을 맡고, 언어의 다양성을 추구
했다. 음악, 미술 등과 협업하며 작품세계를 확장하고 있다.

무슨 일이 있어도 재의 바다에서 노를 놓쳐서는 안 된다

그해 사월은 팔 개월 동안 계속됐다. 언어는 게으름의 극단이라서 바다를 직접 보지도 않고도 자리에 앉은 채 '바다'라고 쓰는 일이 얼마든지 가능했다. 그들은 나무를, 돌을, 그때마다 새롭게 보는 게 얼마나 힘든 일인지 알지 못한다. 나는 아침에 출근하는 당신에게 말하곤 했다. 무슨 일이 있어도 재의 바다에서 노를 놓쳐서는 안 된다고. 우리가 밤낮 울면서 살고 있다고 생각하지 마라. 울음은 배급받은 것이다. 아내에게 배당된 울음을 가끔 내가 빌려 울 때도 있지만. 어제 밤새도록 개가 바다를 향해 짖고 있었다. 아침에 안개 속에서 섬이 솟아 나왔다. 역사가는 이런 것을 책으로 쓰는지도 모르겠다. 이 도시가 죽은 사람을 바다로 버리기 시작한 것은 사월이었다.

괵체누르 체레베이오루Gökçenur Çelebioğlu

1971년 이스탄불에서 태어났다. 이스탄불공과대학 전기공학과를 졸업하고 이스탄불대
학교에서 경영학 석사학위를 받았다. 1990년 이후 터키 내 문예지에 작품을 발표했다.
폴 오스터의 작품과 일본의 하이쿠俳句 등을 터키어로 번역하는 일을 하고 있다. 시 번
역 워크숍과 시 축제의 공동감독직을 맡고 있다.

마스크 없이

자신을 지키기 위해 움켜쥔 주먹처럼 지금 세계는 닫힌 채 굳어졌다. 너는 왕관 바이러스의 시대를 살면서 제 자신의 나약함을 알게 된다. 날마다 그런 말을 들어서. 두개골 안쪽에서 별들이 터지는 소리가 들린다. 그 조각, 그들의 불쌍한 피, 불운 위에 상처받은 침묵이 쌓여간다. 하지만 너는 깍지를 끼고 더 이상 사망자 수를 세지 않기로 한다. 삶의 기쁨을, 공포를 달래줄 소박한 노래 같은 것을, 조금만 보내달라고 부탁한다. 다행히 너는 약간의 광기를 유지하고 있으며, 아직 몸을 구부릴 수 있을 만큼 유연하며, 네 비약秘藥이고 작은 도피 장소가 되기도 하는 약초의 향기를 지금도 믿고 있다. 너는 미소 짓고 말한다. 자, 창문을 활짝 열어 신선한 공기를 들입시다, 하고.

너는 달콤함이 너를 잊지 않기를 바란다.

루이즈 뒤프레 Louise Dupré

캐나다 퀘벡에서 태어났다. 몬트리올대학에서 문학박사 학위를 받았다. 페미니즘계 출판단체 Éditions du remue-ménage에 소속해 있다. 퀘벡의 문예지 ≪목소리와 이미지≫ 편집위원을 지냈다. 시집 『익숙한 피부』(1983)로 퀘벡의 문학상인 Alfred-DesRochers상을 받았다. 시집 『메모리아』(1993)로 캐나다 작가협회상과 퀘벡 문학아카데미상을 수상했다.

뒤늦은 의회대표 질문*

모스크바 근교에서
구급차들의 긴 행렬
베르가모 근교에서
장례식으로 가는 군용 지프의 행렬
광저우에서
위스콘신까지
그들은 춤을 춘다
죽음의
무도를
발코니 위
집에 더 가깝게
리드미컬한
햇빛
간격
햇빛
간격
화창한 봄날의
햇빛
봄이 흘러간다
일상생활의
손가락 사이에서 빠져나가

우리를 내버려 두고
신문의 경제면에는
그래프가 뿌리를 내렸다
경제는
상승세와 하강세를
패턴으로 보이지만
다시 허를 찔렸다
사우디아라비아의
원유정책과
가시가 돋친 바이러스에
사체와
유해의
차이는
노인요양원에 있는
당신의 할머니 람베르투스 씨와
벵골 출신의 재봉사와의
차이
그는 이제 폴리에스테르의 수영복을
지으라는 말을 듣지 않는다
수고 많았어요
그런데 여름은

빼앗겼다 문화의

계절과 함께

모레아*에서 어떤 소녀가

죽는다

얇은 텐트의 캔버스 천이

그 아이의 인공호흡기

이번에는 아이들을

살리겠다고

약속했는데

모럴은

다시

패배했다

수술용 마스크 값이

한 개당 9유로나 되는

현실 앞에서

Booking.com은

곧 정리해고를 시작하고

KLM*은 여름 보너스를

나라에서 주는 지원금에 연동시켰다

Airbnb에

최초의 공습용 대피소가

등장하는 날도
멀지 않을 것이다
그동안에 극장은
연이어 망하고
나중에 비디오로
보겠지만
지금 우리는
어떤 연극도
극장에서 보지 않는다는 사실이
밝혀진다
인생에서 가장
소중한 것은
사랑이라고
믿고 있었지만 사실은
살아남는 것이
가장 중요했다
장관은 이들 보고서를
잘 알고 있는가?
그 사실을 구두로 혹은 법령으로
확인할 각오가 돼 있는가?

- 이 시는 Flemish-Dutch House de Buren의 멀티미디어 프로젝트 〈감염된 도시Besmette Stad〉의 일환으로 썼는데, 플라망어의 시인 파울 반 오스타에이언Paul van Ostaijen이 제1차 세계대전을 회고하면서 쓴 시에 촉발되어서 쓴 것이다. 〈감염된 도시〉 프로젝트에서는 60명 이상의 작가와 아티스트가 코로나19 상황을 예술로 표현했다.
- 모레아Morea. 그리스의 레스보스섬에 있는 난민캠프로 열악한 환경이 문제가 되었다.
- KLM. 네덜란드의 항공회사.

리커 마르스만 Lieke Marsman

1990년 네덜란드에서 태어났다. 첫 시집 『나 자신에게 인식시키고 싶은 것』으로 문학상을 수상했고 두 번째 시집으로 『최초의 편지』(2014)가 있다. 환경문제를 주제로 산문과 시 형식으로 구성된 소설 『인간의 반대쪽』(2019) 등을 출간했다. 최근 암 치료에 대한 자전적 경험을 토대로 쓴 시집 『다음 스캔은 5분간 계속됩니다』가 있다.

무제 無題

카운트다운은   아직 시작되지 않았다
하지만 그 날들이 벌써   형성되어 있다
전투를 시작하라는 명령이   떨어지면 즉시
그들이 움직일 것이다   망설임 없이

기병대를 이끌고   대포로 무장하고
끝없는 제국의 위엄을   등에 업고

마침내 카운트다운이   끝나면

어떤 날들은   고향에 돌아가고
다른 날들은   잡초로 덮인다
땅 밑에서

그러나 아직   카운트다운은
시작도   되지 않고 있다

우리에게는   긴 여름의 날들이 남아있다
믿지 못할 만큼   천천히
아무도 모르게   한 주에서 다음 주로   이어지는

7월의 몇 주 동안   멀리 보이는 새벽의 빛

그러나 벌써 입을 다물어버린   새들이 있다
지저귐이 사라졌다   그냥 들리지 않는 게 아니라
완전히 사라져버렸다   이런 일이 한 번도 없었는데

스타니슬라프 르보브스키 Stanislav Lvovsky

1972년 러시아에서 태어났다. 모스크바주립대학 화학과를 졸업한 후 광고와 저널리
즘 분야에서 일을 했다. 현재 러시아의 인터넷 미디어 OPENSPACE.RU에서 문학 섹션
편집장을 맡고 있다. 시집 『화이트 노이즈』(1996) 『삼 개월』(2003) 『모국을 둘러싼 시』
(2003), 단편집 『꽃과 개의 언어』 등이 있다. 시는 영어, 불어, 중국어, 이탈리아어, 조지
아어 등으로 번역되었으며 다수의 문학상을 수상했다.

새집에 덮개를 씌우다

그들이 다 가버리면
나에게 무엇이 남아있을까?

나는 습지에 산다

창밖으로 바쁘게
날아가는 것들의 이름
푸른박새, 되새, 그리고 검은방울새.

활기 찬 놈, 사기꾼 같은 놈.
늙은 놈, 그리고 성스러운 놈도.

한 세대의 신뢰를 배신하는 나그네들.

알지, 나는 정원사가 아니다. 왜 그들을 돕느냐는
질문을 받기도 했다. 왜냐하면— 그 노인이 말했지—
너무 많이 죽어서.

나는 그냥 새집에 덮개를 씌우고 있을 뿐
나는 그냥 나뭇가지를 당기고 있을 뿐

마투라Mathura

1973년 에스토니아에서 태어났다. 에스토니아 Gustav Suits 시 문학상, Virumaa 문학상 등을 수상했다. 번역자로서 데릭 월컷의 작품을 번역했고, 에스토니아 국영방송 라디오 프로그램에 진행자로 출연했다. 그의 작품은 영어, 핀란드어, 히브리어, 스페인어 등으로 번역돼 출판되었다.

아픔을 사멸하기 위한 블랙맘바*의 독

독은 중심적인 역할을 한다
우리가 골수,
그 유연한 조직에 대한
사랑의

아픔을
이해하는 데에 있어서

우리는 생각한다
비교대상 시험의 자기 자신을
내면을

다른 뱀에서 채취된
이 손가락 세 개 분량의 펩타이드를
네가 읽는

바로 그 순간

그것은 중요한 진보를 낳는다
산酸에 용서를 받고

모르핀 비슷하게 강하지만
그렇게 잘 잊어버리지도 않고
호흡기 증후군도 없이

올바른 잔여물인
침묵을

• 블랙맘바, 코브라의 일종으로 민첩하고 공격적인 맹독성 독사.

얀 라우베레인스 Jan Lauwereyns

1969년 벨기에 안트베르펀에서 태어났다. 1998년에 뢰번대학교에서 심리학 박사학위를
받았다. 네덜란드어와 영어로 시집, 에세이집, 소설집 등 총 20권 이상의 저서를 출간했고
2012년에는 네덜란드어로 시를 쓰는 시인에게 수여되는 VSB 시 문학상을 받았다.

어느 일기의 한 토막

1.
그것은 벗겨진 하늘?
아니면 구름?

답하지 않아도 된다
마음에 두고
살아있다는 사실에 놀랄 것

창문을 연다
바람이 다른 날의 가슴을 연다

'다른'이라는 단어는 가고일*이다
안쪽에서 습기가 돌을 썩힌다

2.
실러캔스*의 피부 같은 이 별하늘이
나를 어린 시절로 데려간다

예전에는 선이 그어진 종이에 쓰는 것을 배웠다
지금은 시 속에서 질서를 찾는다

나 자신에 대한 향수

(기억이 플레이백한다)

말해줘
너는 어디서 바라본 풍경이야?

5.
윌리스 스티븐스가 말했다
완전한 시는 추상적이어야 한다고

그러나 언어도 바이러스라
돌연변이를 일으킨다

7.
혹 매일이 시작도 끝도 없는
다리 같은 것이라면
혹 모든 것이 되풀이된다면 불쾌함이
숯으로 만든 화살처럼
닿는 것을 더럽힌다면

애태우지 말고 답해줘
그것은 벗겨진 하늘?
아니면 구름?

- 가고일Gargoyle, 유럽 기독교 사원의 벽에 붙어있던 괴물을 본 뜬 석상.
- 실러캔스Coelacanth, 고생대부터 현재까지 발견되는 실러캔스 어류의 총칭. 단단한 비늘과 다리처럼 생긴 원시적 형태의 지느러미가 그 특징이다.

호셉 로드리게스 Josep M. Rodríguez

1976년 스페인의 바르셀로나 수리아에서 태어났다. *Las deudas del viajero* 등 7권의 시집과 시선집 *Ecosistema*(2015)가 있다. 그의 작품은 스페인어권의 작품을 모은 시선집에 수록되었고, 외국어로 번역되기도 했다. 국제적인 문학상을 다수 수상했다. 일본 하이쿠에 관한 연구와 평론, 전기, 번역 등 다양한 활동을 했다.

새로운 음악

당돌하게 이 새로운 음악이……
숲 속에서 윙윙거리는 전기톱
어제는 창가에서 여왕벌이
유리를 먹고 있는 것처럼 보였는데
전기톱은 전율하는 나무를 먹고 있다 분노가
모든 것을 없애기라도 하는 것처럼

크림색의 톱밥 더미 속에서
공포와 욕구불만이 깔끔히 정리되고……
아니면 쌓인 땔나무일까 상황이
바뀌었다고 말하는 것은? 여기 공간이 있다
일찍이 무엇인가가 존재했지만 지금은
하늘만이 남아서 빛을
떨군다 마치 오랫동안

금지되어 있었는데 결국
전혀 신기하지 않다고 밝혀진 그 무엇을 버리는 것처럼
어떤 자는 죽고 또 우리들 가운데 어떤 자는
계속 걸어서 친숙한
우리들의 종언으로 들어간다 혹
그 길이 모래밭이었다면

비가 적은 올해 봄이
발자국쯤은 남겨주겠지

피오나 샘슨Fiona Sampson

영국의 시인이다. 2005년부터 2012년까지 시 전문지 *Poetry Review* 편집장을 맡았다.
작품은 37개국에서 번역되었다. European Lyric Atlas Prize, Charles Angoff Award 등
다수의 문학상을 수상했다. 영국 문학계에 공로를 인정받아 2017년 대영제국훈장을
수상했다.

이 모든 것이

이 모든 것이 지나갈 때
지나가겠지요, 언젠가 꼭 지나가요―
이것이 모든 것이 될 수 없어요
모든 것 중에는 물론 이것도
그것도 포함되어 있으니
그러나― 모든 것이 지나가면
이것도 지나가지만
정말 모든 것이 지나갈까요?
아니면 모든 것이 지나가도
이것만은 예외일까요?
왜냐하면 이것은 온갖 것들과 손을 잡고
온갖 것들의
도움이 돼요. 그리고 이것 자체에도
그래서―
이 모든 것이 지나갈 때
이 모든 것이 우리들의 과거가 될 때
우리들의 모든 것이
이것 없이 모든 것이 될 때
이것은 모든 것의 일부가 될 테니
우리가 이것도 그것도 할 수 있게 될 때
(이 모든 것이 지나갈 때)

있잖아요! 이것도, 그것도!
—그때! 짠! —거 봐요!
모든 것이 모든 것이 되지만
이것은 이제 존재하지 않아요

그때! 맑은 하늘 밑이 아니라
성당에 들어가는 것처럼
조용히 거리로 나가
우리 만나요,
그리고 봐요, 모든 것을.

아나 리스토비치 Ana Ristović

세르비아 베오그라드에서 태어났다. 시인이자 번역가로 활동했다. 시집 『사용설명서』
『유성 파편』 등 9권의 시집을 출간했다. 아나 리스토비치의 작품은 영어, 독일어, 헝가
리어, 마케도니아어, 슬로베니아어, 슬로바키아어로 번역되었으며, 독일에서 제정된 유
럽의 젊은 시인에게 수여되는 후베르트 부르다Hubert Burda상을 비롯해 많은 문학상을
받았다. 슬로베니아 현대문학을 세르비아어로 번역하고 있다.

히포콘더 *

어제부터 몸져누워 있다
아무래도 감염된 것 같다
발열, 권태, 목이 아프고 기침도
Google로 검색해 봤더니
웬걸, 다 맞는다
내가 직격으로 맞았나 봐!
아, 틀림없이 감염이다
중국, 일본, 한국을
맹렬한 기세로 돌고 있는
코로나 바이러스가 지금
내 방 안을 뱅글뱅글
이탈리아와 이란에서도 사망자가 나왔어?
내가 눈을 감는 날이
멀지 않을 것 같다
그날까지 엠오이칼 *의
목캔디가 떨어지지 않았으면 좋겠다
그런데 사실은 그냥 감기일지도

히포콘더 히포 히포콘더 *
가는 곳마다 몬스터
히포콘더 히포 히포콘더

언제 어디서나 몬스터
히포콘더 히포콘더 (파라노이아•)
히포콘더 히포콘더
(공포 공포 공포)
히포콘더 히포콘더 (파라노이아)
히포콘더 히포콘더
(공포 공포 공포)

미안, 내가 좀 허풍 떨었지
역시 감염된 것은 아니었어
그만 지레짐작
그러나 아시아계인 나에게는
별 차이 없어
작은 코, 가는 눈, 검은 머리
요컨대 지금 나는 '리스크'야
요컨대
전철 타면 사람들이 겁먹고
요컨대 스카프로 입을 덮어야 해
요컨대 상점에서 말썽 일으키기 싫으면
한번 만진 물건을 도로 놓지 마라!
요컨대 점원이 "중국사람이야?"라고

하면 "네"하고 거짓말을 해야 하지

히포콘더 히포 히포콘더
가는 곳마다 몬스터
히포콘더 히포 히포콘더
언제 어디서나 몬스터
히포콘더 히포콘더 (파라노이아)
히포콘더 히포콘더
(공포 공포 공포)
히포콘더 히포콘더 (파라노이아)
히포콘더 히포콘더
(공포 공포 공포)

(TV 뉴스, "독일의 코로나19 감염자 수는 계속 증가하고 있으며
벌써 천 명 이상이 격리되어 있습니다. 우리는 신종 바이러스에 어
떻게 대처하면 될까요? 그것은 얼마나 위험한 걸까요?")

몇 개월 지나, 나는 인정 안 할 수 없었어
상황을 과소평가하고 있었다고
먼저 조부모, 그다음에 부모가 당했다
그들은 의료제도나 경제와 함께 망했다

모든 시민이 규칙에 따라
게임에 참가하고 있으면
문명화된 현대사회라는 환상이 성립되지만

버스 안에서 기침을 한 너를
화난 승객들이
걷어차서 길거리에 내팽개칠 때 문명은 종언을 고한다
모두가 숨 쉬려고 발버둥치고 있어
파스타 통조림이 매진되고
산소통을 메고 산소마스크를 쓰고
유령도시를 헤맨다
슈퍼마켓 앞에서 쓰러진 아이가 헐떡이고 있어
나는 빙 돌아서 지나간다
유리창이 깨졌으니
여기에는 아무도 없겠지
마지막 배급은 케첩과 콩
석양이 지고 있다
어서 오세요, 살아있는 시체들의 밤에!
어두운 밤길을 필사적으로 달린다
불안과 공포
패닉, 스트레스, 똥이 마려워서 배가 아파

길을 잃을 때
저쪽에서 헤드라이트가 번쩍!
나는 차에 올라타서 남자의 마스크를 벗기지
그는 바지 지퍼를 내리고
나는 그가 시키는 대로 한다
상상도 못 했다
이런 짓을 하다니
두루마리 화장지 한 개 때문에

- 히포콘더Hypochonder, 심기증(건강염려증) 환자.
- 파라노이아Paranoia, 편집증.
- 엠오이칼Em-eukal, 독일의 캔디 브랜드.

에드거 바서Edgar Wasser

1990년 시카고에서 태어났다. 유년시절에 독일로 이주했다. 2007년부터 독일, 오스트리아, 스위스 등 유럽에서 활동했다. 사회비판적이고 풍자적인 랩을 구사한다. 독일의 유명 힙합 뮤지션과 협업해 많은 작품을 인터넷으로 배포하며 활동하고 있다.

우리는 돌아가는 장소에 속하는가?
아니면 죽는 장소에 속하는가?

나는 거리를 무서워하지 않는다……
접근이 무섭다.

집은 심리적 건축물이다. 어디에도 귀속되지 못하는 것에 대한 공포. 귀환하는 것으로 죽음을 연기할 수 있다는 믿음. 안전은 난로 앞에 있다. 가장 살풍경한 호텔 객실도 당신은 이 방에 속해 있으니 안심하라고 말하기 위해 TV 화면에 불타는 난로를 방영해 준다. 벽에는 추악한 그림들이 걸려있고 공기청정기가 시끄럽게 돌아가고 있지만. 최근에는 집에 틀어박히는 것은 '귀속'이 아니라 '격리'라고 불린다. 신화에서는 뒤를 돌아보았다는 이유로 사랑하는 자가 돌로 바뀌고 죽음의 위기가 닥치는 장면이 나오지만, 떠나려는 집을 다시 뒤돌아서 보면, 훗날 그 집에 대한 기억이 한층 더 생생하게 살아날 것이다. 나는 긴 세월을, 허공에 뿌리를 뻗은 나무같이 다이내믹한 현실의 집에서 지냈다. 파리에서는 전에 프란시스코회 레코레파 수도원이었다가 그 후에 육군병원으로도 쓰인 건물에 살았다. 그 곳에서는 수사들의 침묵과 상이군인들의 비명이 오랫동안 뒤엉켜 있었다. 매혹적인 도시 베를린에서는 고트프리트 벤 의료센터 근처에 살았다. 그 건물의 창문에는 쇠창살이 설치되어 있어서, 자신이 어디서 오고 어디로 가는지를 잊은 비둘기들이 머물 수 없었다. 방랑자들은 기념물을 믿지 않는다. 그런데도 망명자였던 우리 조상은 살았던 모든 집의 열쇠를, 이어지는 목숨의 상징인 약상자 속에 보관했다. 마치 언젠가 떠나온 지점에 돌아갈 수 있다고 믿고 있었던 것처럼. 최근 나는 사람이 집을 떠나는 게 아니라 집이 사람을 버린다고 느낄 때가 많다. 육체를 공간적으로 이동시키는 것에 익숙해진 우리들에게 여행은 이제 장소 이동에 불과하다. 지금까지 떠나온 집들이, 굶주린 짐승처럼 나를 따라오는 것 같은 착각이 들 때도 있지만. 나는 시 속에서만 편히 쉴 수 있고 의심 속에서만 안전하게 지낼 수 있다. 문학은 시로 시작되었다. 브로츠키는 "정주자의 글쓰기보다 먼저 방랑자의 노래가 있었다"고 했다. 여행 갈 때 바쁘게 여행가방을 열면 내 그림자가 벌써 거기에 들어있고 책과 옷이 들어가기를 기다리고 있다. 돌아오면, 전사자의 관 뚜껑을 여는 손처럼 천천히 가방을 연다. 보는 사람도 없는데, 더 길게 도피생활을 하려고 하는 것처럼, 귀속과 재생을 늦추려고 하는 것처럼.

무엇인가에 귀속된다는 것은, 가끔 '뿌리 내리기'를 방해한다. 시몬 베유는 "뿌리를 내린다는 것은 사람의 영혼에 있어서 가장 중요하면서도 가장 등한시되는 욕구인 것 같다"고 썼다. 사람은 아직 완공되지 않은 집같이 중간적인 장소에도 귀속된다. 나는 북마케도니아의 스트루미차라는 도시에 살고 있다. 이 도시는 그리스와 불가리아 국경에 가깝다. 그 국경 사이에 있는 몇 백 미터밖에 안 되는, 기념비도 사적도 없는 공간에 있을 때 나는 가장 안전하다고 느꼈다. 이런 공간은 no-man's-land라고 불리는데 그 명칭은 자신이 그곳에 속해 있다고 느끼는 사람이 사실 'Nobody'임을 말해준다. 관념 체계는 항상 육체와 정신 속에서 'Nobody'를 만들어 내려고 한다. 그러나 옥타비오 파스에 의하면 "Somebody의 존재를 부정함으로써 Nobody를 창조하는 자는 Nobody가 된다."(『고독의 미궁』) 도시도 마찬가지다. 우리는 자신의 내면에 길모퉁이, 작은 광장, 이름 없는 다리 등을 발견했을 때 그 도시가 자신에게 귀속해 있다고 느낀다. 그리고 일상생활이나 개인사의 토막을 가지고 그 도시에 대해서 이야기를 하기 시작한다. 귀속되는 것은 자연스러운 일이다. 그러나 그 도시로 돌아가거나, 그런 일은 별로 없겠지만, 거기서 생활하거나 하는 것은 자기기만이 되기도 할 것이다. 우리는 우리가 돌아가는 장소에 속해 있는가? 아니면 죽는 장소에? 체슬라브 밀로즈는 「내 파란 하늘의 도시」라는 시에서 이렇게 시작한다. "살지 않는 게 더 품위가 있다. 사는 것은 상스럽다/ 그렇게 말한 남자는/ 청춘을 보낸 도시에 오래간만에 돌아왔다. 거기에는 이제 아무도 없다/ 예전에 그 거리를 다녔던 사람들이 아무도/ 지금 거리에는 아무것도 없다, 그 남자의 두 눈 이외에는."자신이 속해 있다고 느낄 수 있는 도시는, 자기 자신의, 감지할 수 없을 만큼 미세한 것들을 묶어두는 항구다. 이어받은 사물에서 멀어진 당신은 거기서 세계의 참된 모습을 만들기 시작한다. 20년 전에 출간된 나의 첫 시집『그 도시에 유폐되어』는, 정치적인 이유로 받지 못하는 비자나 관념적인 장벽 때문에 만들어진 폐쇄증으로 가득 차 있었다. 자발적이든 강제적이든 발칸에 있다는 것은 축복이자 저주이며, 죄악감으로 물든 지리적 공간에서의 탄생이다. 당신의 어머니는 당신을 낳기 위해 부두에서 다리를 벌렸으니. 그러나 감금은 절대로 귀속이 아니다. 지금 전 지구적인 규모로 실시되고 있는 격리가, 우리를 온 세계에 귀속되도록 강요하고 있다고 해도.

니콜라 마지로브 Nikola Madzirov

북마케도니아 스트루미차에서 태어났다. 시인이자 편집자이며 에세이스트와 번역가로도 활동했다. 시집으로 *Locked in the City, Somewhere Nowhere*(1999), *Relocated Stone*(2007) 등이 있다. 그의 작품은 30개국의 언어로 번역되었고 그의 작품을 바탕으로 한 단편영화와 음악이 제작되었다. 후베르트 부르다상 등 다수의 문학상을 수상했다.

호흡 연습 *

폐쇄된 도로
초록색 인도에
개미들의 긴 행렬

격리된 침실에
나의 벗은
오로지 달빛

외출금지
꽃나무나 안고 있으라고?
잡다한 소음은 사라지고

항공편은 취소됐어
그러나 황새는
집으로 가는 길을 찾았어

시끄러운 뉴스
TV를 팔아 치우고
여름에 읽을 책이나 사자

주변에 핀 양귀비꽃

당신과 사진 찍은 게
작년의 일

중지된 연주회
포스터 옆에서
종달새는 노래 연습

침상이 모자란 병원
제비들만이
그 뜰에 들어갈 수 있다

저녁의 산책
맙소사! 엄마의 애완견조차
마스크 쓴 나를 보고 짖는다

사회적 거리두기
보금자리 곳곳에 숨은
떠들썩한 삶

• 이 작품은 루마니아어로 지은 하이쿠를 번역한 것이다.

다니엘라 바르바라 Daniela Varvara

루마니아에서 태어났다. 시인이자 문예평론가, 심리학 박사이다. 루마니아 작가협회와 콘
스탄차에 있는 하이쿠 모임의 회원으로 활동했다. 시, 평론, 논문, 문학연대기, 하이쿠 등
을 다수의 문예지에 발표했으며 과학학회, 문예페스티벌 등 다양한 활동을 하고 있다.

WHITE DEER 눈보라치던 어느 날 | 91X72.8(cm) | ACRYLIC ON CANVAS | 2012

3

나는 바이러스
맑은 후에 흐림
가끔 멸망

_일본

2020년 3월과 6월, 도쿄에 새로 생긴 전철역을
7월에 처음 찾았다

오랜만에 거리에 나와보니
식물들이, 보도블럭 아래에서
아지랑이처럼 피어올라서
길이 울퉁불퉁 꿈틀거리고
도저히 자전거로 다닐 수 없다
걷기 시작할 때 발목이 잡초에 닿자
발목이 찢어졌다
가로수의 처진 귓불이 잎사귀에 닿자
귓불이 찢어졌다
잠깐 밖에 나갔는데 만신창이가 되어버리고

그런데 10미터 갈 때마다
하얀 덩어리가 떨어져 있다
사람들의 영혼 같아
숨통을 끊어주기라도 하는 것처럼
모조리 짓밟고 가고

집에 틀어박혀 있으니
방 안에 책들이 막 우거져서
사람을 가둬버린다
말이 사람을 가둬버린다 망쳐버린다

겨우 도망쳐 나와서 새로 생긴 전철역을 보러 가는데

그동안 소리 없이
도쿄에 두 곳의 새로운 역이 생겼다
역마다 거대한 화면에서
마침내 시작한 올림픽대회의
경기가 찬란한 빛을 내면서 방영된다
그러나 어찌된 일일까
선수들은 누가 더 느린가를 겨루고 있다

가니에 나하カニエ・ナハ

1980년 가니가와神奈川현에서 태어났다. 2010년 시 전문지 『유리이카ユリイカ』로 등단했다. 2015년 제4회 엘 수르El Sur 재단 현대시 부문 신인상. 2016년 시집 『준비된 식탁』으로 제21회 나카하라 츄야中原中也상을 수상했다. 시집 『말을 끄는 남자』 『방금 과부가 된 여자』 등이 있다.

구멍

들이마시면 위험하고 내쉬어도 위험해
막지 못하는 구멍을 들고 다니며
팔리는 구멍, 달아나는 구멍
구멍이 숭숭 난 도시, 틈 투성이의 하늘

하얀 거품이 잘게 이는 나날
봄의 손바닥이 졸졸 흐르며
이리온 이리온 손짓하면

구멍 가장자리에서 닥쳐오는 덩굴
밀密, 밀, 밀로 휘감기고 구부러지고
계속 태어나는 꽃봉오리, 웃음, 어둠

모아진 빗방울이 넘치는 구멍
불러본 것은 죽은 개 이름
다시 한번 불렀는데 완전히 혼자다
빛 투성이의 바닥인 이곳. 어디야?

* 센류川柳, 5・7・5의 17음으로 된 전통적 정형시. 주로 사회를 풍자하고 생활에서 느끼는 감정을 표현한다.

야가미 기리코 八上桐子

1961년 오사카에서 태어났다. 센류川柳*시인으로 활동했으며 2004년부터 2007년까지 센류잡지 ≪도키자네 신코時實新子의 센류대학≫의 회원이었다. 센류집으로 『hibi』가 있다.

기물진사가寄物陳思歌 • 세 수首

2020년 3월. 반년 전에 예약한 여관을 캔슬하지 않고, 승객이 별로 없는 신칸센을 타고 유다湯田온천으로 향했다. 시인 나카하라 츄야 기념관에서 예정되었던 토크 이벤트는 중지되었지만 기념관은 구경할 수 있었고 관장님이 직접 안내해 주셨다. 감사의 뜻으로 기념품을 많이 샀다. 츄야 친필의 '空'자가 인쇄된 기념배지는, 하늘이라기보다 물웅덩이 같은 윤이 났다.

나 이제 죽어도 돼요……•
푸른 배지가 손바닥에서 추락한다

4월부터 재택근무를 하게 되었다. 교열을 보는 일이라 집에서 일해도 상관없다는 말을 도저히 못할 만큼 방이 어지럽다. 책상 위에도 바닥에도 책이 쌓여있고 큰 교정지를 펼칠 수 있는 곳이 침대밖에 없다. 낮은 테이블을 사서 침대에서 일하게 되면서 수면시간이 늘었다. 언뜻 원목 테이블처럼 보였는데 나이테가 아니라 마디마디가 잘린 흔적이 곳곳에 보인다.

대나무였던—바람을 맞은—테이블이
빛의 시큼한 향내를 풍긴다

5월. 단카 월간지를 봤더니 '바이러스'나 '마스크'라는 단어를 쓴 작품이 많다. 눈에 보이지 않는 바이러스는 무섭다. 공공장소에서 마스크를 안 쓰면 남의 시선이 무섭다. 돌림병은 전쟁이 아닌데 '이기다', '지지 않겠다'라는 선동에 현혹된다. SNS상에서 헐뜯긴 여자 프로레슬러가 자살했다. 전쟁이 아닌데.

초여름에 죽은 꽃 금방 잊고 말 것 같다
얼굴마다 마스크 꽃을 피우면서

- 기물진사가寄物陳思歌, 사물에 기대어 마음을 표현하는 단카.
- "밤에, 아름다운 영혼은 울면서/ '이제 죽어도 돼요'…라고 말했다"(나카하라 츄야의 시 「여동생이여」에서)

사토 유미오佐藤弓生

1964년 이시카와石川현에 태어났다. 2001년 『안경집은 저녁을 위해』로 제47회 가도카와角川단카상을 수상했다. 저서로 단카집 『얇은 거리』 『모브색의 비가 내린다』, 시집 『신집 월적현상新集月的現象』 『아크릴릭 서머』, 단편집 『노래하는 백百 이야기』가 있다. 공저 및 공역서로 『현대시 살인사건』 『고양이 골목』 『괴담 단카입문』 『괴기소설 읽기에 좋은 날』 등이 있다.

내 집

나는 코로나를 잊을 수 있을까?
백신이 생기면, 친구들이 감염되지 않으면,
실직하지 않으면, 우리 가족이 무사하면,
나는 코로나를 잊을 수 있을까?
잊어버릴 거야, 백신이 생기지 않아도, 친구가 감염되어도,
가족이 걸려도,
나는 코로나를 잊어버릴 거야, 그때,
그것들은 개인적인 아픔으로 내 강물에 떠있겠지?
당신들이 말하는 코로나가 아닌,
피를 솟구친 마음으로, 이름 따위 필요 없고,
당신들이 감염자를 세는 손끝에 발견되지 않기를 바랄 뿐,
감염자로서 관찰되는 시간은 굴욕이 되고,
그것은 죽음이다, 친한 사람들의 기억으로 남아줘,
누가 당신에게 묘지를 가르쳐주겠는가,
누가 당신에게 그 사람에 관한 추억을,
좋은 사람이었다는 일화를 전해주겠는가,
당신이 들어올 수 없는 곳까지 우리는 와버렸다,
그때, 당신들의 목소리가 멀리 들린다,

"코로나로 인한 죽음은 비극이다, 가족조차 만날 수 없으니"
라고 말하는 동안, 죽는 사람은 이것이 비극이었다고 스스로

말하지는 않는다. "죽은 사람은 말이 없다"라는 옛말이 맞네.
왜 꽃을 바치는지 모른다, 침묵하라는 것이다. 왜 죽은 사람
에게 헌화하는지 이제 아무도 그 의미를 기억하지 못한다.

툇마루에 앉아서 들은 바람소리,
대지진을 만난 아이가 한 달 후에 본 것,
내가 이재민이었다는 사실은 잊고 있었다,
재해를 입은 순간 빠져나간 말이 몇 개 있을 것이다,
내가 말하지 못하는 것이 너무 많다는 사실을 알아버렸다,
죽음이 오가는 가운데,
살아있는 내가 죽음을 말할 수 있을 리 없다.
코로나, 코로나, 라는 목소리가 들렸는데, 대답하지 않았다,
머지않아 나는 그 말을 잊고,
작은 방에서, 사라지지 않는 것을 지켜보면서,
언젠가 배가 고파서 방을 나갈 것이다,
아무에게도, 방에 뭐가 있는지 알리지 않고, 이야기를 하면서,
그래도 밤에는 이 방에 돌아오겠지.

누가 당신에게 묘지를 가르쳐줄까,
누가 당신에게 내 집을 알려줄까,
당신은 코로나를 잊을 것이다,

당신은 당신 집으로 돌아간다,
당신의 마음을 안다고 말하는 사람은 이제 없다,
달도 땅도 구름도 산도 대나무숲도 창백해져서 꼭 사람 얼굴
같다.

"나는 당신이 침묵할 때 같이 침묵하고 싶다"
그 말이 무섭고 쓸쓸하고, 고맙다고 말할 수밖에 없고.
궁지에 몰린 사람들은, 아름답고 착하고,
당신은, 외로움이 악이라고 생각하겠지.

사이하테 타히最果タヒ

1986년 효고현에서 태어났다. 나카하라 츄야상, 현대시 하나쓰바키상 등을 받았다. 시
집 『굿모닝』『밤하늘은 언제나 가장 짙은 블루』『사랑이 아닌 것은 별』『사랑의 솔기는
여기』, 에세이 『네 변명은 최고의 예술』『'좋아하다'의 인수분해』, 소설 『별 아니면 짐승
이 되는 계절』『10대에 공감하는 놈은 다 거짓말쟁이』 등이 있다.

네가 이 시를 쓰고 있다

인간의 폐를 스며들면서 듣는다
인간의 호흡은 살기 위한 노래

창백해지는 행성의 둥근 표면에 번지며 알게 되었다
나도 생물의 행렬에 합류해
부르는 노래가 있다고

이제 나는 저주받아도 된다
그냥 누군가의 목숨을 찌부러뜨릴 뿐
너는 다른 의미를 지으려고 한다

나를 거울삼아
너는 너 자신을 다시 태어나게 하려고 한다
나를 인간에 대한 구원으로 변용하기 위해

폐를 뒤집는 듯한 너의 패러독스는
그냥 억지처럼 보인다
나를 재앙이라고 부름으로써 결론짓는 일을
인간들은 질리지도 않고 되풀이한다

태어날 때의 계획 연표

나를 만난 것은 예정대로
필요한 것을 가져다준다
너에게 주어진 숙제의 내용은
너만이 안다

네가 이 시를 쓰고 있다
너희들이 누구냐
수없이 많은 답이 있을 이 물음에 대하여
별을 올려다보면서 질문하는 것과
시를 쓰는 것은
닮았다고
너는 말한다

네가 이 시를 쓰고 있다
별들의 수를 헤아리는 것처럼
날마다 태어나는 나를 지켜보면서
지금

가쿠 와카코覺和歌子

야마나시山梨현에서 태어났다. 작사가, 시인이자 음악가이다. SMAP, 히라하라 아야카平原綾香 등 J팝, 락, 재즈, 클래식 음악의 가사를 썼다. 2001년 미야자키 하야오 감독의 〈센과 치히로의 행방불명〉의 주제가 「언제나 몇 번이라도」의 작사로 레코드대상 금상, 일본아카데미상협회 특별상(주제가상)을 수상했다. 그 외 번역, 영화감독, 그림책 창작, 싱어송라이터 등 다양한 활동을 했다. 시집 『시작은 말 한마디』 『2마력』이 있다.

마스크맨

나는 매일 아침 개를 산책시킨다
그리고 꼭 흰 마스크를 쓴다
마스크의 효과를 믿고 있는 게 아니다
그 증거로 이 마스크는
벌써 백 번 이상 사용한 낡은 것
그러면 나는 왜 실제 효과도 없는 마스크를 쓸까?
그냥 겉치장인가?
그것은 이웃의 눈이 무섭기 때문
이웃의 비난이 무섭기 때문
자칫하면 밀고 당할지도 모르겠다는
그런 공포가 일본에 있다
일국양제가 무너진 홍콩에서도
벌써 이웃에 의한 밀고가 횡행하고 있다고 한다
인권문제도 팬데믹도
본질은 같은 것이 아닌가?
인간의 추악한 면이 드러난다는 의미에서

산책하다가
마스크를 쓴, 아는 사람이 스쳐 지나갔다,
고 생각했다
생각했다고 하는 것은

마스크를 쓰면

모두 비슷하게 보이기 때문

얼굴 상반부는 놀랄 만큼 표정이 없다

얼굴 하반부에는

어떤 사악한 표정이 숨어있을까?

나는 말없이 가볍게 고개를 숙였다

그 사람이 걸음을 멈추고 가만히 나를 지켜보자

개가 낮게 으르렁거린다

나도 걸음을 멈추고 상대방의 눈을 들여다본다

눈이 유리구슬 같이 담담해서

나는 주춤했다

그 순간

그가 크게 재채기를 했다

나는 그만 개의 목줄을 놓고

양손을 내밀어서

그의 마스크에서 넘어 날아온

크나큰 코로나 바이러스를

멋지게 캐치하고 말았다

그것은 핸드볼공만한 크기의

비눗방울 같은 것이었다

첫여름의 눈부신 햇빛을 받아

표면에 아름답고 컬러풀한 색채가 소용돌이친다
나는 넋을 놓고 얼굴을 가까이 대고
그것이 코로나를 예언한
동유럽에 사는 노파의 수정구슬임을 금방 알아챘다
그 수정구슬에는
트럼프나 시진핑이나 아베의 얼굴이
나타났다 사라졌다 하고 있었다
당황해
내 얼빠진 표정이
수정구슬에 비쳐졌다
그랬더니
그는
흰 마스크를 벗고
가려진 얼굴 하관을
천천히 드러냈다

미야케 유스케三宅勇介

1969년 도쿄에서 태어났다. 가집歌集 『에루える』 『도편수』, 시가집 『귀령龜靈』이 있다. 제
30회 현대단카평론상을 수상했다. 단카 이외에도 조카長歌, 세도카施頭歌 등 잃어버린
전통시형이나 일본어의 기원에 관심을 갖고 있다. 자신의 작품세계를 하이쿠나 현대시
장르까지 확장하며 터키와 루마니아의 시인들과 공동 작업을 시도하기도 했다.

비행기구름

그
리
운

사
람

하
나

없
다
면

하
늘
은

선
명
한

비행기 구름을 만들지 아니하겠죠

강한나 カンハンナ

서울에서 태어나 일본에서 활동했다. 단카를 쓰는 시인이자 탤런트이다. 제62회부터 64회까지 3년 연속으로 가도카와角川 단카상에 입선했다. 2019년 12월에 단카집 『아직 멀었습니다まだまだです』를 출간해 큰 반향을 불러일으켰다. 외국인 단카시인으로 현재 일본에서 활동 중이다.

사랑 노래

빛이 된 나는
말도 목소리도 없이
철문을 빠져나가
어둠에 갇힌 사람을
구두도 신지 않고 찾아갈 수 있다
안 보이는 손을 내밀어서
독방에서 구출하고는
여름밤의 숲으로 도망치고
샘물이 있으면
물 위에 별을 아로새기고
물을 먹여서 갈증도 풀어주고
아무도 듣지 못하는 노래가 돼서
고열에 헐떡이는 자의 머리에 무릎을 베게 하고
최초의 아침이 올 때까지
결코 잠을 자지 않고
그곳을 떠나지 않을 것이다

나는 빛이 되었으니
언어와 함께 있으며
역병 따위 무섭지도 않고
맨발로 걷고

나는 어디에 가든
당신 안에 있다

빛이 된 나를
당신이 잊어버려도
보리수는 그윽한 향기를 내고
나는 당신을 놓치지 않을 것이다

빛이 된 나는
돌아갈 수 있다
눈부신 침묵이 되고
최초의 언어로 돌아간다
당신의 팔에 안겨서

야마자키 가요코山崎佳代子

1956년 태어나 시즈오카靜岡에서 자랐다. 홋카이도대학 러시아문학과를 졸업하고 사라예보대학과 류블랴나 민요연구소에서 유학했다. 베오그라드대학에서 전위시와 비교문학 연구로 박사학위를 받았다. 시집『미오하야미みをはやみ』, 번역서로 다닐로 키슈의『젊은 날의 슬픔』, 에세이로『베오그라드 일기』등이 있다.

봉쇄

바이러스가 닥쳐서 숨쉴 수 없다
아침에
몸을 더듬고 살아있는지 확인한다
살결이 대답하고
상처들이 일제히 술렁거리기 시작한다

지붕 위
카나리아색의 치마 입은 여자가 노래를 부른다
온 도시가 봉쇄되어도
미친 듯이 탬버린을 치고
그림자를 남기며 저쪽으로 흘러간다

누구든
살균 소독
이 아니라
사랑
을 나누고 싶다

믿을 수 없는 이야기꾼에게
반발하고
언어에 젖어서 오로지 글을 써 나간다

네모난 유리창에 자꾸 얼굴들이 달라붙는다

누군가를 대신하는 것처럼 사라져 가는 사람들은
빨갛게 물든 도쿄만東京灣의 다리
건너편에서
믿을 만한 이야기꾼이 침묵을 지키고 있다
간격을 넘고 상처의 대가를 치르고
카나리아의 여자와 함께 노래를 불러라
기도祈禱가 되어 오늘도 노래하라
인류여, 우리들이여, 다리 위에서

모리야마 메구미森山惠

시인이자 번역가이다. 세이신聖心여자대학에서 영문학을 전공했다. 시집『꿈의 감촉』
『녹색의 영역』『곶 미사곡』, 공역서로 무라사키시키부紫式部『겐지源氏 이야기』(Arthur
Waley판, 전 4권) 이 있다. NHK World TV 영어 프로그램 Haiku Masters에서 전형위원을
맡고 있다.

코로나의 달을 둘러싼 단카 열 수

문고리에 말蝨이 한 알 붙어있다
당신이 들어와서 그 손으로 만졌다 내 침묵을

살면서 죽어있어요
나는 바이러스 맑은 후에 흐림 가끔 멸망

내 자이언트팬더와 당신의 킹펭귄이
횡단보도에서 왈츠를 춘다 무심코 숨을 멈추고
우리가 스쳐 지나갈 때

도시 곳곳에 나뒹굴고 있는 쓰다 버린 마스크
몸을 구부려서 줍고 내 입에 대고 싶은 마음은,
사랑?

한순간에 지는 꽃잎이네요 감염이라는 것도
그 퇴적 위에서 바라보는 수국

구름 운雲 자에는 넋 혼魂 자의 조각이 들어있다고 한다
오늘의 하늘은 구름으로 가득 차 있고

비 오는 것을 보고 있으면 몸속이 녹아버릴 것 같아요

(여기 있어요 아직 여기에……)
빗소리만 남기고

제발, 더 이상 세지 말아요
죽음은 하나밖에 없는 클라인의 항아리*

돌담 벌집 성운
북적거리는 사이에서 '그것'이 불쑥 나타난다

"생명을 지키는 것이 무엇보다 중요합니다"
정말? 죽은 개의 사진 위에
먼지가 쌓이고

• 클라인의 항아리Klein's bottle. 바깥쪽과 안쪽을 구별할 수 없는 단측 곡면의 한 예.

요쓰모토 야스히로四元康祐

1959년 오사카에서 태어났다. 1991년 첫 시집 『웃는 버그』를 출간했고 『세계중년회의』
로 제3회 야마모토 겐키치山本健吉상, 제5회 스르가바이카駿河梅花 문학상, 『금지된 언
어의 오후』로 제11회 하기와라 사쿠타로萩原朔太郎상, 『일본어의 죄수』로 제4회 아유카
와 노부오鮎川信夫상을 받았다. 그 이외에 시집 『단조롭게, 똑똑, 상스럽고 난폭하게』『소
설』, 소설 『가짜시인의 기묘한 영광』『전립선 시가일기』, 평론집 『시인들이여!』『다니카
와 슌타로의 학谷川俊太郎學』 등이 있다.

지구에 스테이하는 우리들은

우리는 다짜고짜 멈춰 섰다. 스테이 홈!을, 개에게 명령하는 것처럼 서로에게 외치면서. 나는 바로 이 '스테이' 체험이 인류를 변화시킬 수 있다고 생각한다. 동기야 어쨌든 우리들은 모두 '멈춰 서'야 했다. 어느 날 갑자기 외출이 금지돼서 날마다 비슷비슷하고 편한 옷을 입었다. 내가 어떤 간편조리식을 진짜 좋아하는지를 알게 되었다. Zoom으로 온라인 회식을 하면서 이전과 다른 친구하고 마음이 통한다는 사실도 알았다. 그렇게도 하기 싫었던 하체 운동을 했다. 사서 쌓아두었던 문학책을 읽었다. 왠지 꽃집 앞에서 꽃다발을 사고 싶어졌다. 아침에 일어나 창밖에서 새가 지저귀는 소리를 듣고 가슴이 설렜다. 이것들은 다 멈췄기 때문에 일어난 변화다. 스테이가 우리들에게 가져다준 무엇이다. 포스트 코로나가 된 후에 다시 '달려라'라는 말을 들어도, 우리들은 '멈춰 섰을 때'의 경험을 잊지 못할 것이다. 전 지구적인 규모로 그렇게 될 것이다.

이 급한 언덕길을 간신히 넘은 그날에는, 친구여, 희미하게 보이기 시작한 새로운 세계로 함께 나아가자. 아니, 벌써 그 내일이 지금 '멈춰 서서' 우리들을 기다리고 있다.

이토 세이코いとうせいこう

1961년 도쿄에서 태어났다. 1988년 소설 「노라이프 킹」으로 등단했다. 1999년 「보타니컬 라이프」로 제15회 고단샤講談社 에세이상을 받았고 「상상 라디오」로 제35회 노마野間 문예신인상을 수상했다. 최근 저서로 『우리들의 연애』『동실동실』『국경 없는 의사회를 보러 간다』『소설금지령에 찬동한다』『오늘밤 웃음의 수를 세어 봅시다』『국경 없는 의사회가 되자!』 등이 있다.

가미神를 죽이는 이야기
―코로나의 밤에

그런 식으로 놀라게 하지 마세요

조선사람이 되고 싶어져요

―오리쿠치 시노부, 「모래 먼지2」* 에서

첫 번째 교훈. 초라한 행색을 한 낯선 길손이 한밤중에 문을
두드리면, 절대로 쫓아버려서는 안 된다. 그에게는 따뜻한 음
식과 포근한 잠자리를 제공하라. 나그네는 제비 모습으로 올
때도 있고 소머리를 가진 사람 모습일 때도 있고, 땅을 기는
벌레일 때도 있고, 눈에 보이지 않는 낌새일 때도 있다. 그들
은 '마레비토まれびと'* 다. '가미神'라고도 불린다. 소홀히 대
하면 역병이 돈다고 한다('가미'는 '가비(곰팡이)'와도 통한다고
하네요. 가미는 들판의 갈대처럼 싹틉니다).

두 번째 교훈. 인체에는 팔만사천 개의 구멍이 있고 그 구멍
을 눈에 안 보이는 '모노物'들이 왕래한다. 목숨은 그 속에서
모노와 연결되고 모노로 인해 꿈실거린다. 사람은 원래 구멍
이다. 구멍을 막아서는 안 된다('모노'는 '모노노케(원령, 物怪)'
이기도 하고 가미의 또 다른 이름이기도 하고 목숨 그 자체이기도
한대요. 모노를 소홀히 하면 벌 받는다고, 남쪽 섬의 할미가 말했습
니다).

114

생각나는 것은 백 년 전에 이 나라를 덮친 대지진. 그때 마레
비토도 모노도 산천초목도 새도 짐승도 벌레도 물고기도 다
가미가 되는 남쪽 섬을 유랑하고 돌아온 어떤 시인이, 자신
도 마레비토가 된 기분으로, 무너진 이 나라의 수도에서 집을
향해 걸어갔다. 도시는 살기가 가득했다. 이 대지진은 가미
를 죽여온 것의 대한 응보가 아닌가 하고, 도시 전체가 겁을
먹고 있었다(지금부터 백오십 년 전 이 나라는 마레비토도 모노
도 이제 가미도 아니니 추방해도, 쓰다가 버려도, 죽여도 상관없다
고 선언했습니다. 이것을 문명개화라고 합니다). 겁이 곧 미움으
로 바뀌고 사람들이 도시 곳곳에서 가미를 학살하기 시작했
다. 부푼 시체들이 강물에 뜨고 길가에서는 피투성이의 시체
를 어린 아이가 막대기로 때리고 있었다. 닳아빠진 옷을 걸친
시인도 곧 장정들에게 둘러싸였다. 너는 가미가 아니야? 돌림
병을 옮기고 다니는 거지? 가미가 아니라면 사람의 말을 해
봐, '가기구게고'ガギグゲゴ를, '주고엔'じゅうごえん•을 발음
해 봐. (가미가 말할 때 음절의 첫소리는 언제나 맑디맑은 청음이
되고 탁음이 안 나옵니다)

시인은 울상을 짓고 말했습니다.
그런 식으로 놀라게 하지 마세요.
시인은 가미의 죽음을 축하하는 만세 소리를 듣고 떨렸습니다.

무서운 주문이다.

시인은 마레비토의 목소리로 투덜거렸습니다.

　　누구를 죽였는지 당신들은 알기나 하는가?

그때부터 백 년이 지났습니다. 문명개화의 백오십 년이 지났습니다. 세계는 더욱 멋지게 겁을 먹고 미워하고 살기로 가득합니다. 당신은 누구를 죽였습니까? 당신의 구멍들은 굼실거리고 있습니까? 당신은 누구에게 살해당하시겠습니까?

오늘 밤도 길손이 당신의 문을 두드릴 겁니다.

• 이 시는 1923년 관동대지진 직후 벌어진 조선인에 대한 집단학살의 야만과 광기를 고발한 시다. 학살현장을 목격한 시인은 『모래 먼지2』의 후반부에서 '차라리 학살당하는 조선인이 되고 싶다'라고 절규한다.
• 마레비토. 문자 그대로의 뜻은 '드물게 오는 사람'. 시인이자 민속학자인 오리쿠치 시노부折口信夫(1887-1953)에 따르면 '다른 세계에서 찾아오는 신'을 의미한다.
• 주고엔十五円. 관동대지진 때 일본 자경단이 조선인을 식별하기 위해 당시 조선인에게 발음하기 어려운 '주고엔 고짓센'十五円 十五円을 말하게 했다.

교 노부코姜信子

1961년 가나카와神奈川현에 태어난 재일 한국인이다. 저서 『기향寄鄕 노트』『노래 노스탈기야』『나미이! 야에야마八重山에 사는 할미 이야기』『살아가는 모든 것들의 공백 이야기』『헤이세이平成 산쇼다유山椒太夫』 등이 있다. 번역서로 이청준의 『당신들의 천국』, 코니 캉K. Connie Kang의 『멀리 있는 조용한 아침의 나라』, 편혜영의 『몬순』, 허영선 시집 『해녀들』 등이 있으며, 2017년 『목소리—천 년 뒤까지 닿을 만큼』으로 뎃켄 헤테로토피아 문학상을 받았다.

귀곡鬼哭

다가갈수록 멀어지고
영원히 좁히지 못하는 디스턴스
분할된 화면 속에서 당신이 손을 흔든다
가상 배경의
거대도시가 무너지는 줄도 모르고

외딴 벚꽃나무가 꽃을 가득 매단 채
지켜보는 이 없이 당돌히 죽고

하늘을 나는 백조가
숱한 와이파이 화살을 맞고 떨어진다

반역죄로 사형이 된 옛이야기의 황자皇子가
이변을 알아채서 무덤을 빠져나갔다

내가 아니다 여우도 아니다
이 재앙은
태양의 왕관을 쓴 미세한 놈들의 소행
현대인들이 겁을 먹고
재계齋戒하면서 기다린다
소나무 가지를 매듭짓고 끌려간 나를°

나처럼 돌아오지 못하는 누군가를

인적이 끊긴 거리를 내려다보며
황자는
언제 어디서 했던 것처럼
투명한 어깨를 떨며 울었다

• 고대 일본에는 행운을 빌기 위해 소나무 가지를 매듭짓는 풍습이 있었다고 한다. 어
  떤 황자는 천황에 대해서 모반을 꾀한 죄로 연행될 때 바닷가에서 소나무 가지를 묶
  고, "혹 나에게 행운이 있다면 다시 와서 이것을 볼 것이다"라는 뜻의 와카和歌를 지
  었다.

요시카와 나기吉川凪

번역가. 오사카에서 태어났다. 인하대 국문과 대학원에서 근대시 연구로 박사학위를 받
았다. 저서로『경성의 다다, 동경의 다다』가 있으며, 한국에서 출간된 번역서로 다니카와
슌타로谷川俊太郎 시집『사과에 대한 고집』, 사노 요코와 최정호의『친애하는 미스터 최』
등이 있다. 일본에서는 최인훈의『광장』, 박경리의『토지』등의 소설과 신경림, 오규원,
김혜순 시인의 작품 등을 번역해서 소개했다. 김영하 소설『살인자의 기억법』의 번역으
로 제4회 일본번역대상을 받았다.

필요한 가게

필요한 가게가 문을 닫은 후
우리는 한동안 어안이 벙벙했다
자신의 무력함에 몹시 낙담하고
감사와 추도의 뜻을 표하고
아직 돈으로 살 수 있는 것과
돈으로 살 수 없게 된 것을 헤아렸다

필요한 가게가 문을 닫은 후
빈 점포 앞을 우리는 빠른 걸음으로 지나갔다
영양이 모자라
우리는 신경질이 났다
우리는 정치의 무능함을 매도했다
우리는 미모사꽃이 핀 것을 보지 못했다
우리는 노랑할미새가 날아오는 것에 흥미를 잃었다
필요한 가게를 불필요하다고 말한 사람을 찾아내서 비난하고
때리기 좋은 물건을 가까운 곳에서 찾았다

그런데 그것도 오래 가지 않았다
우리는 완전히 영양부족이었다
죽음이 닥쳐오고 있었다
우리는 필사적이었다

필사적으로 항의하고
필사적으로 응원하고
영양을 필사적으로 보태고
영양원을 필사적으로 키웠다

끝내 우리는 빈 점포를 빌려서
키운 영양원을 파는 가게를 열었다

누구에게 필요한지는 몰랐으나
우리 목숨을 살려준 영양원이다
그때는 문도 창도 금지되어 있어서
가게에는 문도 창도 없었다
눈에 띄기 위해 우리는 외벽을 노란색으로 칠했다

예전의 가게를 닮은 데가 별로 없었지만
우리는 자신 있게 장사를 시작했다
우리에게 필요한 가게는
틀림없이 당신에게도 필요할 거라고 믿고

오사키 사야카大崎清夏

1982년 가나가와神奈川현에서 태어났다. 와세다早稲田대학 문학부 졸업했고 2011년 시 전문지 ≪유리이카ユリイカ≫로 등단했다. 시집 『손가락으로 가리킬 수 없다』로 제19회 나카하라 츄야상을 받았다. 시집 『땅바다』『새로운 주거』, 그림책 『바다의 좋은 것 보물』 등이 있다. 2019년 로테르담 국제 시축제에 초빙되었다.

하늘 *

20. March. 2020

Tokyo의 하늘이 푸르다

늘 이렇게 푸르러요?

날씨가 맑을 때는 그래요

파출소 순경에게 물어봤더니 아무렇지도 않게 대답한다

하지만 예사로운 푸르름이 아니다

수상한 하늘 밑을 걸어 손녀딸을 만나러 가는 길

빌딩 모퉁이에서 손녀가 손을 흔든다

흔들리는 손끝이 빛의 실을 빨아들이고 있다

얼굴은 음화가 되거나 빛을 내거나 하고 있다

뭐야, 뭐가 있어?

조심조심 손녀에게 묻는다

"아니…… 그냥 하늘이…… 내 하늘이"

우리는 투시자가 돼서 하늘을 우러러봤다

하늘에는

은색으로 빛나는 왕관이 수없이 날아다니고

가끔 봄비처럼 땅에 쏟아진다

싫어, 싫어요

고개를 저었더니

다시 하늘로 날아올라서 빛을 내고

봄바람에 흔들거린다

20. March. 2020

Pandemonium의 하늘이 푸르다

• 요쓰모토 야스히로의 「종장終章 봄비 코다」에서 부분 인용.

호소다 덴조細田傳造

1943년 도쿄에서 태어났다. 시집 『골짜기의 백합』으로 제18회 나카하라 츄야상을 수상했다. 그 이외에 시집 『피터 래빗』 『웅덩이』 『나그네길』이 있다. 시 전문지 ≪역정歷程≫ 동인으로 활동하고 있다.

적어도 우리는 아직
살아있다고

_중국, 홍콩, 타이완

2020, 보이지 않는 것

무엇으로 쫓아버릴까
보이지 않는
그것을
바람소리가 울릴 때
낮고 무겁게 울리는 천둥이 이름 없는 곳에서 끊어졌다 이어
지기를 반복한다
피비린내를 동반한 보이지 않는 호흡
죽음을 옮기는 보이지 않는 썩은 냄새
두려움은 낮고 무겁게 울리는 천둥이라
우리의 입과 코를 가리지만
눈 속 깊은 곳은 가리지 못한다

무엇으로 없앨까
무엇으로 저 보이지 않는 것을 없앨까
외로운 섬은 어둠 속에서 의미 없이 표류하고 있다
눈에 보이는 사람들은 피할 수 있지만
도처에 널린
보이지 않는 바이러스는 피하지 못한다
하나 하나 밀폐된 공간들마다 소문이 흘러나오고
도시를 봉쇄한 사람들은 물도 끊고 먹을 것도 끊어버렸다
쓰러진 사람은 그에게 말한다

폐가 강제로 텅 비어버렸다고

바람소리는 역병을 전하고
노랫소리도 전한다
　"We Are the World"
예전에는 굶주린 아프리카를 위해 노래했는데
지금은 끝이 보이지 않는 짙은 안개를 위해 노래한다

피부색이 어떻든 국적이 어디든 가리지 않고
뜨거운 피와 큰 소리로 항의했었다
　"Do not go gentle into that good night"
　　여명이 죽음을 맞는 자를 향해 큰 소리로 울부짖는다
　　황혼이 전염병을 향해 애절하게 외친다

순순히 그 밤 속으로 걸어 들어가지 말라고
거대한 흐름이 비강 속에서 공명한다
고열이 시신 안치실에 장기간 머물러 있고
사람들의 입과 코에는 마스크가 쓰여있지만
보이지 않는 것이 몸 안 질식의 통로에 숨어있지만
사람이 호흡을 할 수 있는 한
부드럽든 날카롭든 목청이 커다란 종처럼 작동하는 한

노랫소리가 하늘가에 울리고
시는 마음속에 울릴 것이다

천이즈陳義芝

1953년 타이완 화롄花蓮에서 태어났다. ≪후랑시간後浪詩刊≫과 계간 ≪시인≫을 창간하여 운영했으며 10년 동안 타이완 최대 신문인 ≪연합보聯合報≫ 부주간을 역임했다. 『신혼별新婚別』과 『잊을 수 없는 먼 곳不能遺忘的遠方』을 비롯하여 『불안한 거주不安的居住』 『내 젊은 연인我年輕的戀人』 『변계邊界』 등 여덟 권의 시집과 다수의 산문집 및 학술 논저를 출간했다. 한국과 일본에서 시선집 『옷 안에 사는 여자』가 번역, 출간되었다.

2020년의 아픔을 만지다
―푸시킨에게

밤이 오면, 5월의 모래먼지가
내 경추에서 삐그덕삐그덕 소리를 낸다
몸을 찌르는 통증과 바이러스가 회색 거울을 갈아대고
오늘은 거울 속 짙은 어둠 속에 걸려있다

신종 코로나 바이러스가 인간의 폐부에 흡입되자
세계가 헐떡거리고 논쟁을 벌이는 가운데
높은 데시벨의 광기는 서서히 가라앉는다

일부 기억들이 황실 마을의 오솔길에 흩어지고
추위가 물러간 뒤에, 당신의 태양은 러시아에서
서둘러 달려오고 있다
코카서스 죄수들의 감옥에서부터
내가 당신을 읽는 바다의 수면 위로 굴러 떨어진다

2월부터 나는
시간의 마스크를 쓰기 시작한다
팍! 죽음이 당신을 겨눈 총구에서
한 줄기 푸른 연기를 내뿜는다

내가 3월, 4월을 매장했지만

5월에는 슬픈 상처가 흐르고 있다

나는 선택한다
가정과 폭군, 대관戴冠, 진주
감시, 절벽, 부고, 전사戰士, 쓸쓸함
자유의 노래…… 추방을
당신을 다치게 만들었던 이런 단어들이

뼈 같고 부서진 바위나 바늘 끝
유리 파편, 가시 같은 것들을 수습할 수 있다면
이런 퇴조 뒤의 진상眞相이
인류가 겪는 2020년의 아픔을 어루만질 수 있을 것이다

샤오샤오潇潇

중국의 작가이자 화가이다. 중국 내외에서 출간된 시집으로 *XiaoXiao Poemas*(중국어 스페인어 대역본)과 『슬픔의 속도忧伤的速度』(한국어, 박재우 역), 『朴宰雨译』, 『율무 종자薏米的种子』(독일어, 쿠빈 역) 등이 있고 영어와 일어, 프랑스어, 페르시아어, 아랍어 등 여러 외국어로 작품이 번역, 소개된 바 있다. 중국 원이뚜어闻一多 시가상과 루마니아 국제문학상을 비롯하여 다수의 국내외 문학상을 수상했다. 2020년에는 독일과 유럽의 최대 문학사전인 『외국당대문학비평사전*Kritisches Lexikon für fremdsprachige Gegenwartsliteratur* (KLfG digital)』(쿠빈 편)에 수록되었다.

꿀

양봉인과 여자의 아름다운 머리칼은 둘 다 죽어갔다
벌꿀과 빗은 그윽하고 어두운 숲이 되었다
이걸로 충분했다, 남자 아이는 자신에게 자명종을 울리고
이 늙은 지구에게 물었다. 하루는 몇 마이크로세컨드인가요?

남자 아이도 자라서 양봉인이 될 수 있을까?
더 많은 사람들의 부모가 죽고, 더 많은 사람들의 자녀가 죽
는 가운데
영구차가 투명하고 깊은 물속으로 달려가고, 물고기들이 그
뒤를 쫓으며 외칠 때
죽어야 하지만 미처 죽지 못한 사람들만이 그 소리를 듣는다

남자 아이가 머리칼 없는 여자를 애모하게 된 것은, 이 해에
시작된 일이다
이 해에 머리를 박박 깎은 여자가 흘리지 못한 눈물방울은
지구의 유일한 꿀
어머니였다

류와이통廖偉棠

홍콩과 타이완, 중국에서 활동하는 시인이자 사진작가이다. 시집『팔척설의八尺雪意』를 비롯하여『반부귀어半簿鬼語』『춘잔春盞』『앵두와 금강櫻桃與金剛』 등 10여 권의 시집과 평론집『유토피아 가이드』 시리즈와 산문집『금의야행衣錦夜行』『장양쟈초를 찾아서尋找倉央嘉措』『유정지有情枝』, 소설집『열여덟 개 골목의 전쟁게임十八條小巷的戰爭遊戲』 등을 출간했다. 홍콩청년문학상, 홍콩중문문학상, 타이완 중국시보문학상, 연합보문학상, 홍콩문학비엔날레상, 홍콩예술발전상, 2012년 연도작가상 등을 수상했다.

도시의 코로나 바이러스

구형球形 환형環形 혹은 관형冠形
마음대로 한 가지 조형을 선택하여
도시의 불투명한 각막 위를 떠돈다
바이러스는 손톱의 빨판을 이용하여
우리의 피부에 달라붙는다
마스크와 방호고글을 착용하고서
내가 너와 1 : 99의 거리를 벌려놓으면
너의 머리를 이끌고 그녀는 사람들에게 뽐내듯이 거리를 지
나간다
동공이 커지고 눈길에 부종이 생기지만
내게는 눈에 들어오지도 않는다
도시의 마지막 한 모금 공기가
검은 폐엽肺葉에서 분사되어 나올 때
나는 짓눌려 산소가 부족한 종이층에서
미약하게 자신을 부른다

어떤 사람들은 지하철 플랫폼이나 거리에서 쓰러지고
얼굴 없는 죽음들이 도시를 둘러싼 담벼락에 쌓인다
남들이 들어올 수 없게 되기 전에
우리가 먼저 나갈 수 없게 되었다
도망칠 수 없지만 여전히 너와

밀폐된 차창 안에 나란히 앉으면
너와 그녀의 그리고 나의 위치가
유전자지도처럼 나열된다
너와 그녀는 교차감염이고
나와 너는 면역시스템이고
그녀와 나는 식세포이다
순서와 질서가 어지러워진 뒤에
자기치료는 몸 밖으로 배출된다

내가 종이로 만든 환경보호형 관을 들고
분말粉末의 주변을 넘어갈 때
고개를 돌리면 무너져 흩어진 지평선 위에 있는 네가 보인다
그녀와 결탁하여 함께 깃들 영토에
나는 동전 하나를 내려놓는다
발원發願이나 희사喜捨를 위해서가 아니라
그저 가져갈 수 없게 하기 위해
너에게 인과의 순환을 돌려준다
애당초 네가 봉쇄를 거부했던 것은
그녀를 잠입시켜
서둘러 나를 철저하게 죽인 다음
가소제可塑劑로 빈 도시를 완전히 청소하여

다시 변이된 바이러스의 번호를

매기기 위해서였다

눈에 거슬리고 귀에 거슬리고 실어증과 독설의 우리는

피가 부족하고 기흉氣胸이고 어리석거나 망상에 빠진 우리는

줄곧 온전치 못한 인간이다

룩 훙洛楓

캘리포니아 샌디에이고대학에서 문화비평 연구로 박사학위를 받았다. 타이베이 금마金
馬영화제 심사위원을 맡았고, 라디오 홍콩의 무대예술 관련 프로그램에 출연했다. 영화,
젠더연구, 대중문화, 무대예술, 비교문학, 패션 등 다양한 분야에서 활동했다. 시집과 문
화연구서 등을 출간했으며, 시집 『하늘을 나는 관館』으로 제9회 홍콩 중국어문학 비엔
날레상, 평론 『금지된 색깔의 나비: Leslie Cehung의 예술적 이미지』로 홍콩 북 프라이즈
및 2008년 베스트 북 상을 받았다.

먼 끝
—바이러스 2019

나는 너를 만나지 못한다

놈은 박쥐를 점유했다가
사람을 점유했다가
도시와
국가, 대륙을
지구 전체를 점유했다
놈의 세력은 나날이 확대됐다
1킬로미터에서
1만 킬로미터까지

11월에서 1월
또 다른 1월까지
탄알 하나 보이지 않고
피 한 방울 보이지 않고
놈도 보이지 않았다
이는 무형무색의
소리 없는 습격이다

점유. 봉쇄.
놈의 세력은 지속적으로 확대됐다

우리의 손을 시켜

우리를 질식시키고 우리 온몸의 기능을 정지시키고

우리를 죽음에 내몰고서, 놈은 죽지 않았다

놈에게는 생명이 없는데도

우리는 전부 뿔뿔이 흩어졌고

우리의 거리는 지속적으로

확대되어, 나는 너를 만나지 못한다

지하철이 정지하고 열차가 정지하고 비행기가 날지 못했다

거리街의 시작과 끝이

갠지스강만큼의 거리距離가 되었다

영원의 거리가 되었다

우리는 한때 하나였지만, 이미

서로 달라져버린 세계에 있다

대지가 조용히 멈췄다

태평양은 여전히 소란스럽지만

페이스북과 마스크를 사이에 두고서

나는 너를 만난다. 불완전한

가상의 너를 만난다

너의 미소는 저 먼 끝에 있는데

    – 적어도 아직 살아있다고 너는 말한다

가상의
불완전한 만남이지만
그래도 너를 만나
새롭게 느끼고 새롭게 본다
그 보이지 않는, 가상에 적응한
불완전한 인생이, 거꾸로 매달린
그 박쥐처럼
적응하여, 살아가는 모습을

천위훙陳育虹

타이완 가오슝高雄에서 태어났다. 『번신閃神』 등 7권의 시집과 일기 및 산문집 『2010 천
위훙』, 번역 시집 『불을 삼키다呑火』 등 5권을 출간했다. 2004년 시집 『색은索隱』으로
타이완시선 연도시상을 수상했고, 2007년 시집 『도깨비魅』로 중국문예협회 문예상을
수상했다. 2011년 일본 시조사思潮社에서 시집 『네게 말했었지あなたに告げた』를 출간했
다. 2015년 베이징인민대학 주교駐校시인으로 선정되었고 2017년 시집 『번신』과 『사이
之間』로 연합보문학대상을 수상했다. 2018년 프랑스 Les éditions Circé에서 시집 *Je te l'ai
déjàdit*를 출간했다.

밤의 노래

두 손을 내뻗는 거리가
우리의 안전거리다
안전이 이처럼 요원하다는 것을
이전에는 알지 못했다
이전에는 줄곧
서로를 껴안는 것이 안전이라고 생각했다

이 순간
내게서 멀리 떨어져 주세요, 좀 더 멀리
공기 중에도 낯선 적들이 있을지 모르니까요
육안으로는 꿰뚫어 볼 수 없는 욕망이
수많은 산과 좁은 길의 아득히 멀고 넓은 틈새를 침습하지만
단지 한 장의 마스크에 의지해야만 막을 수 있을 뿐

아열대 섬의 미세한 외침이
곧장 불법의 37.4도에 가까운 지점에 이르러
마음에 족쇄를 채우고
육신을 구금하여
합법적인 고독 속에서
마지막 열차가 끊임없이 달려오고 또 달려온다

우리는 어디로 가야 하나
재채기와 기침이 교차하는 망설임 속에서
사면팔방에서 쇠 잔의 종소리가 들려오고
가물가물 희미한 빛 속에서
신과 우리, 짐승과 악마들
모두 아주 먼 곳의 황폐한 지대에 있는데

추안민初安民

1957년 타이완에서 태어났다. 타이완 국립성공대학 중문과를 졸업했다. 문학잡지 ≪연합문학聯合文學≫과 출판사 주간을 역임했고 현재 문학잡지 ≪INK≫와 출판사의 대표 겸 주간을 맡고 있다. 시집 『근심이 먼저 취한다愁心先醉』 『남방으로 가는 길往南方的路』 『세상에서 육지와 가장 먼 섬世界上距離陸地最遙遠的小島』 등이 있다. 진딩金鼎상 최우수 주간상, 진스탕金石堂 연도 풍운인물상, 성골대학 우수 교우상 등을 수상했다.

비 오는 날의 우울

흉조의 폭우 속에서 깨어나니
유리창에는 빗물 자국이 어수선하게 흩어져 있다
빛과 파열 사이에
축축한 천둥과 번개가 내리친다

비의 끝자락이 먼지 덮인 유리를 씻어주면
내일 아침의 창틀에는 햇빛이 머물 수 있을까?
간헐적인 적막 속에서
떠날지 혹은 남을지를 결정하는 친구를 생각한다

응접실 구석의 레몬나무는
마지막 한 장 향기로운 잎을 떨구고
나뭇가지가 날카로운 뒤틀림을 견인하여
불안한 과실을 갈무리한다

어수선하게 흩어진 잡동사니들을 다시 정리하지만
생각은 항상 책과 책 사이를 떠돈다
외침 속에서 잃어버린 줄자를 찾으면
불공정과 정의를 잴 수 있을까?

철마가 마음의 광장을 포위하고

흉하게 찢긴 깃발이 높이 솟아오른다
미친 우레가 새로운 질서를 따라
하늘이 발묵潑墨할 때 비수를 번득인다

_____

크리스 송 Chris Song

홍콩영남대학에서 번역연구로 박사학위를 받은 후, 학술지 편집을 했다. 『라이플과 백
합』(2018) 등 시집 네 권과 다수의 번역서가 있다. 오스트레일리아의 Bundanon 작가 레
지던스에 초빙되고, 이탈리아의 Nosside 국제 시문학상을 받는 등 해외에서도 활발하게
활동하고 있다. ≪성음시간聲韻詩刊 *Voice & Verse Poetry Magazine*≫ 편집장 및 홍콩 국
제시축제의 디렉터를 맡고 있다.

사람이 불에 탔다

사람이 불에 탔다
아주 잠깐 동안이었고
다 타지도 않았다

사람이 사람에게 불을 붙인 것은
화염에 의지한 것이 아니라
분노에 의지한 것이었다
그 철문 안에는
충분히 많은 비극이 담겨있어
불의 세력을 확대했다

사람이 불에 탈 때의
점진적인 변색은
빛의 스펙트럼에 상감되어 들어가
눈으로 볼 수 있을까 아니면
그냥 관통되어 버릴까

사람이 불에 타고 나면
기체가 될까
아니면 먼지가루가 될까
기억이 될까 아니면 흔적이 될까

만져질 수 있을까
바람 속에 밀려들어가
자유롭게 생활할 수 있을까

사람이 불에 타고 난 뒤의 하늘은
텅 비어있을까
아니면 지면의 거꾸로 선 그림자가 될까

사람은 계속 불에 타면서
정확히 셀 수 없이 많은 불씨가 된다
탄소가 되고
타자他者를 태우는 연료가 된다

화로는 영원히 꺼지지 않고
인간은 영원히 다 타지 못한다

_____

위요우요우余幼幼

1990년 중국 스촨四川성에서 태어났다. 2004년부터 시를 쓰기 시작해 ≪싱싱星星≫ 등
의 시 전문지에 작품을 발표했다. 시집 『17년』 『나는 미끼다我是誘餌』가 있다. 잡시 ≪시
선간詩選刊≫에서 '오늘의 서구자시인'으로, ≪싱싱≫에서 '오늘의 대학생 시인'으로 선정
되었다.

생장의 힘

우주는 거대하고, 바이러스는 적어도 35억 년의 역사를 갖고
있다.
비교하여 말하자면,
인류의 역사는 지나치게 짧다.
이는 우리가 탄생한 때부터
필연적으로 직면해야 하는 상황이다.
하지만 인류의 문명이 높은 탑을 세우고자 한다면,
서로를 붙잡아 매고 있는 무언가가 존재한다는 것을,
믿어야 한다.
다름 아니라 희망과 양심, 신의와 용기 같은 것들이다.
이 오래된 윤리가, 우리를 도와
바이러스를 이기게 해줄 것이고,
사람들에게 다시금 호흡을 쟁취하여,
대자연 속의 만물과
함께 생장하게 해줄 것이다.

치우화둥邱华栋

1969년 중국 신장新疆에서 태어났다. 18세 때 첫 소설집을 출간했다. ≪청년문학≫ 주
간, ≪인민문학≫ 부주간, 루쉰鲁迅문학원 부원장 등을 역임했다. 장편소설 12편과 중단
편 소설 200여 편을 발표했고 영화 및 건축 평론과 산문, 여행기 시집 등 50여 권의 저
서를 출간했다.

항역抗疫시대

허공에 말라비틀어진 해골이 춤추고
죽은 신의 낫이 하얀 빛살을 반사한다
지상의 사람들은 문을 잠가 자신을 가두고
어린아이 혼자 놀고 있다
그들은 사방이 담벼락으로 자신의 세계를 측량하고
여러 해 전의 얼굴이 돌아와
소리 없는 소식을 남기지만
아무도 고개를 돌려 귀 기울이지 않는다

아침 햇빛이
죽은 신의 낫을 비춰
검은 옷의 그림자를 반사한다
말라비틀어진 해골이 입을 벌려 웃으면서
다시 손을 들어 올리고 발을 구르며 춤을 춘다

홍콩의 시인이자 영화평론가이다. 저서로 *The First Book of Recollection*(2016)과 편저
Wait and See : The Collection of Six Hong Kong Young Writers, 미술평론서 *Hong Kong
Literature and Cinema*와 *Hong Kong Cinema Retrospective 2011*이 있다. 영중 바이링궐 시
전문지 ≪성운聲韻시간 *Voice & Verse poetry magazine*≫의 편집에도 참여하고 있다.

예술은 잘 모르겠는데

Winslow Homer, Undertow, 1886[*]

예술에 대한 지식이 별로 없는 여자에게, 누가 이 윈슬로 호
머의 그림(Undertow, 1886)을 논해보라고 했다. 그녀는 별로 할
말이 없었다. "놀랐어요. 세부묘사 같은 것에. 전부 다. 어떡
하지? 나는 예술은 잘 모르겠는데. 아시잖아요?"미술 평론가
가 말했다. "이 그림의 주제는 상호 협조입니다. 우리가 그 일
부가 되어 있는 이 세상에서 당하는 고난. 우리는 우리를 억
압하는 힘과 싸우는 거예요."그녀는 얼굴을 가까이 대고 그림
을 자세히 본 다음에, 자기 자신의 고난에 대해서 이야기하기
시작했다. 그 말은 힘세고 솔직하면서도 틀에 박힌 표현은 전
혀 없었다. 나는 그녀의 말을 듣고 감동했다. W. H. 오덴은,

151

시의 행수行數도 얼굴 주름살도 많은 시인이었는데, 그는 명인이라 불리는 사람들은 아픔을 안다고 말한 적이 있다. 아픔을 시로 표현하거나 철학적으로 깊이 생각하는 게 아니라, 살아가면서 몸으로 느끼는 사람들이 있다. 지금 우리 도시는 치욕스럽다. 사람들이 마스크를 사기 위해 줄을 서고 있다. 하지만 언젠가 그때는 정말 바보스러운 짓을 했지, 하고 돌아볼 날이 올 것이다. 부랑자 노인들 중에는 어느 날 눈을 떠 보니까 사람들이 마스크로 얼굴을 가리고 있는 것을 보고 어리둥절한 사람도 있었을 것이다. 친구의 네트워크나 정보 또는 돈지갑이 없으면 무슨 일이 일어났는지도 모르는 채로 지나가 버린다. 재력과 권력이 있는 자들은 침착하게 앞으로 나아가지만.

• https://commons.wikimedia.org/wiki/File:Winslow_Homer_-_Undertow.jpg

열 가지 질문

1. 전 세계에서 한 사람만 저녁에 초대한다면 누구를 선택하시겠습니까? 모든 사람이 이동이 금지되어 있지만, 한 명만 초대한다면.

2. COVID-19가 유행하는 와중에도 유명해지고 싶습니까? 어떤 식으로?

3. 전화나 Zoom을 하기 전에 말할 내용을 미리 연습합니까? 예를 들면, 두루마리 화장지가 이제 세 개밖에 없다고. 쓸쓸하고 우울하다고. 가끔 도시의 고요함이 너무 시끄럽게 들려서 팟캐스트를 막 듣는다고. 아직 읽지 못했는데 읽은 척했던 책이 얼마나 되는지 드디어 세어봤다고. 이제 드라이어로 바쁘게 머리를 말릴 필요가 없어졌다고.

4. 무엇이 있다면 집에 틀어박혀 지내는 하루가 '완벽할' 수 있을까요?

5. 마지막으로 혼자 노래를 부른 것은 언제였나요? 10분 전? 마지막으로 누군가를 위해 노래 부른 것은? 그 사람이 그 노래나 가창법을 좋아했습니까?

6. 혹 아흔 살까지 살 수 있고 마지막의 육십 년을 서른 살 때의 마음 또는 몸으로 살 수 있다면 어느 쪽을 택하시겠습니까? 마음? 아니면 몸?

7. 이 돌림병의 유행 속에서 당신이 어떻게 살아남게 될지, 은근한 예감 같은 게 있으십니까?

8. 당신과 당신의 파트너에게 공통되는 사항이 세 가지 있다면? '재택근무'와 '라면은 다 싫증난다'는 빼고.

9. 지금 삶에 있어서 무엇에 대해서 가장 깊은 감사를 느끼십니까? 의료종사자들? 아니면 마스크와 피부에 좋은 비누?

10. 혹 '다른'사람들이 받은 가정교육을 마음대로 바꿀 수 있다면 무엇을 어떻게 바꾸시겠습니까?

타미 라이밍 호 Tammy Lai-Ming Ho

홍콩침례대학에서 시학, 픽션, 현대연극을 강의하고 홍콩PEN 회장을 맡고 있다. 홍콩에서 최초의 온라인 문예사이트 *Cha: An Asian Literary Journal*을 개설하고 *Hong Kong20/20: Reflections on a Borrowed Place*(2017)를 출간하는 등, 편집자, 번역자로도 활동하고 있다. 2015년에 발표한 첫 시집 *Hula Hopping*로 홍콩예술평의회 Young Artist상을 받았다.

진혼가에서의 발췌

시작은 소금, 그리고 거대한 서사가 되었다. 돌들이 주체성을
늘려가면서.
사람이 눈을 잃으면 예지를 얻는다
소금의 자유는 일시적인 것. 우리가 우리 자신을 통과할 때
바닷가 꽃들이 드디어 짙은 염분을 뺀다

나무가 베인 순간, 그 자리에서 돌이 굴러 나왔다
비참한 야경꾼 수가 늘어간다
과거로 걸어간 죽은 남자가 정령 백 명을 낳았다
그들은 명사名詞의 밧줄로 자신의 몸을 매질했다

우리가 사랑을 잃을 때까지
과일이 땅에 떨어지고 아기가 삐걱거리는 얼음처럼 운다
밤 사이에 자라는 우리들의 송곳니를 바다는 비뚤어진 각도
에서 조용히 박살낸다
10년 아니면 20년 동안 상喪을 입는다
"화약의 도화선을 1초에 1피트씩 태워야 한다면"
착화제를 어디에 넣어야 하나?
혁명의 현장에서 파낸 눈알들은?

이 세상의 소금은 곧 네 고독 속에 녹아버릴 것이다

죽은 자의 집념을 방송하는 TV 광고에서
진혼가가 되풀이된다
화장품이나 라면 광고와 함께

지옥의 핫라인은 살아있는 자들의 통화로 가득 차있다
등산자의 발자국으로 덮인 험한 산처럼
천사로 위장한 참매가 떨어뜨린 깃털처럼

그리고 이것이 지평선이다……
마스크를 쓴 아이들이 밝은 폐허 속에 있다
그들이 노래한다 "우리는 세상의 소금, 우리는 세상의 소금"
빛은 천국까지 뻗는다, 네이선거리*의 가로등처럼
나는 선언할 것이다
머지않아 언어 시스템이 전적으로 갱신된다고

우리는 지평선에 닿았을까?
아니면 세상은 그대로 있는가?

• 네이선거리Nathan Road. 홍콩 주룽의 중심 도로.

재키 유엔 Jacky Yuen

홍콩중문대학에서 생물화학을 전공해서 박사학위를 받았다. 현재 홍콩에 있는 고등학교에서 교편을 잡고 있다. 『돌아보는 여우』 『불모의 땅의 청사진』 등 시집 다섯 권을 출간했다.

바이러스의 재난 앞에서
너무나 무력한 문학

인류의 역사는 재난에 대한 투쟁과 극복의 역사다. 인간은 지금까지 유형과 강도를 달리하는 온갖 재난을 만나 이를 극복하며 살아왔다. 인간은 재난 속에서 살아온 셈이다. 어쩌면 재난이 인류 속에서 살아온 것인지도 모른다. 다사다난한 재난들 가운데 가장 대응하기 어려운 것이 역병이다. 끊임없이 새로운 숙주가 발생하고 변이가 일어나기 때문에 인간의 지혜와 통찰로는 쉽게 해결하기 어렵다. 역병의 원인인 바이러스의 역사는 인류의 역사보다 훨씬 장구하고 도도하다. 바이러스가 인류보다 한 수 위인지도 모른다.

지금 인류는 전 지구적인 역병 앞에서 한계와 무력감을 절감하고 있다. 온몸이 역병의 쇠사슬에 꽁꽁 묶여있다. 여행도 하지 못하고 비행기도 타지 못한다. 모든 소통과 교류의 창구가 닫혀버렸고 광장도 사라졌다. 서서히 마음속에 풀 곳 없는 원망과 분노가 쌓이고 있다. 그렇게 자랑하던 과학이나 권력, 탁월한 지혜로도 열지 못하는 이 역병의 감옥 문은 언제쯤 활짝 열릴 수 있을까? 아무도 장담하지 못한다.

미증유의 역병 앞에서 과학은 잠시 말이 없고 권력은 눈을 감아버렸다. 모든 것이 이렇게 무력할 때, 문학은 더더욱 힘이 없다. 애당초 우리에게 문학은 어떤 공리적인 존재가 아니었다. 역병 앞에서 시는 백신이나 치료제가 되지 못한다. 허접한 마스크 한 장도 되지 못한다. 하지만 시는 항상 우리에게 가혹한 절망과 재난 속에서의 위로였고 잔혹한 폭력 속에서의 저항이었으며 선명하진 않지만 희미하게나마 우리를 이끄는 등불이자 희망이었다.

무력한 세계 시인들이 한 권의 시집으로 모였다. 역병이 가져온 절망과 부자유에 대한 나름대로의 반응을 담고 있는 이 시집은 1년 가까이 인류가 겪고 있는 전 지구적 재앙에 대한 문학적 해석이라고 할 수 있다. 이 시집에 수록된 세계 각국 시인들의 시는 지금 이 순간 우리가 겪는 아픔과 슬픔에 대한 통찰이자 위로인 동시에 지워지지 않을 기억이다. 인류의 모든 재난에는 기억이 동반되어 왔다. 그 기억 덕분에 재난을 대하는 인류의 지혜가 증대되고 역사가 발전할 수 있었다.

세계 시인들의 이 아픈 사유와 글쓰기가 우리 모두에게 절절한 위로와 소중한 기억으로 남길 기대한다.

김태성 번역가

지구에서 스테이!

    이 책의 일본어판 『지구에 스테이地球にステイ!』(2020. 9. 30. 출간)는 한국문학을 일본에 소개하기 위해 도쿄에 설립된 쿠온 CUON 출판사의 김승복 사장이, 코로나 사태를 주제로 세계 시인의 작품을 엮어 책으로 출간하자고 제안한 것이 계기가 되었다. 김승복 사장은 2011년 3월, 동일본대지진을 겪으면서 한동안 우울증에 빠졌지만, 당시 상황을 기록한 에세이와 시를 읽으면서 마음이 서서히 회복되었다고 한다. 경험자가 직접 기록한 문학은, 설령 그것이 무척 슬픈 내용일지라도 위안이 될 수 있음을 그때 실감했던 것이다. '코로나19'는 모든 사람이 경험자였기 때문에 세계 각국의 시 작품을 모으고 싶었던 것이다.

    개인적으로 아는 시인들에게 먼저 청탁했다. 한국과 일본의 시인들이 가장 많았지만 막상 모아놓고 보니 약 20개국이나 되었다. 한국 시인에 관해서는 김승복 사장이 직접 청탁한 것 외에 윤일현 편 『아침이 오면 불빛은 어디로 가는 걸까』(학이사, 2020)에서 여섯 편을 수록했다. 이 시집은 코로나19가 맹위를 떨친 대구에서 대구시인협회 회원의 작품을 모은 앤솔러지 시집이다. 중국어권의 시인은, 중국문학 번역가 김태성 씨에게 소개받았다.

    많은 시인들이 기꺼이 작품을 보내주었다. 시인들은 당장 필요 불가결한 것 외에는 모든 활동을 삼가야 하는 분위기 때문에 미증유의 코로나 재난 속에서 느낀 것을 작품으로 발표하기가 쉽지 않았을 것이다. 또, 비슷한 재난에 놓여있는 세계 시인들과 연대하고 싶은 마음이 있었는지도 모른다.

중국어권 작품은 김태성 번역가가 번역했다. 일본어권 작품과 영어권 작품은 내가 번역했다. 그 밖의 언어로 쓰인 작품 중에서 시인 본인이 영어로 번역해 보낸 원고는 영어에서 중역했고, 영어 번역이 없던 스페인어 작품은 구보 메구미久保惠 씨가, 세르비아어 작품은 오카노 가나메岡野要씨가 일본어로 번역한 것을 중역했다. 작품을 기고해 주신 분들, 시인을 소개해 주신 분들, 번역작업에 협력해 주신 분들에게 깊이 감사를 드린다.

좀 더 무거운 분위기의 시집이 될 줄 알았는데 책을 완성하고 보니 꼭 그렇지만도 않다. 인류와 바이러스와의 상극의 역사를 응축한 것 같은 장대한 작품이 있고 사랑하는 사람을 잃은 슬픔을 노래한 시도 있으나, 코로나가 유행하는 동안에 살면서 얼핏 발견한 것을 섬세히 표현한 작품도 적지 않다. 이해하기 쉬운 시도, 깊이 생각하지 않으면 잘 와닿지 않는 시도 있다.

오늘을 살아가는 사람들이 지구 이외의 별에 이주하는 것은 어려울 것이다. 먼 나라나 우주에 잠깐 여행하는 것은 가능하겠지만, 인류가 '스테이' 할 홈은 결국 지구밖에 없다. 사람만이 아니다. 모기도 바퀴벌레도 쥐도 새도 박쥐도 흰코사향고양이도 원숭이도 돼지도 소도 지구에 '스테이' 한다. 그리고 아무리 박멸하려고 해도 바이러스나 병원균도 계속 '스테이'할 것이다. 지구는 그들에게도 집이니까. 같은 지구에, 인류도 삼가 동거할 수밖에 없다.

갑자기 들이닥친 팬데믹의 물결 속에서 많은 나라들이 문화와 역사의 차이를 넘어 외출 자제, 사회적 거리두기, 마스크 쓰기, 손 씻기, 소독, 재택근무 등, 의외로 비슷한 생활양식을 갖게 되었다. 슈퍼마켓에서 화장지나 밀가루, 파스타가 매진된 것도 비단 한 나라만의 현상은 아니다.

집에 틀어박히면서 가슴에 쌓아온 것들, 말로 표현 못했던 그 무엇을, 어딘가에서 누군가가 시로 썼다. 혹 그것을 찾을 수 있다면 이 시집은 불필요한 것이 아니었다고 할 수 있을 것이다.

요시카와 나기吉川凪 번역가